U0939871

读蜜

读 一 页 书 舔 一 口 蜜

法医之神 4

法医的告白

[日] 上野正彦 著　王雯婷 译

读蜜文化　　策划

目录

Contents

前言

尸体对我说

我刚写完一份“二次鉴定书”。

一个月前，一位中年律师光临寒舍，说是在电视上看了我录制的尸体鉴定节目。

“有一起杀人案，想拜托您重新鉴定。”

律师说道：“我的委托人因杀人被判有期徒刑14年，如今正在服刑，但他始终坚持自己是无辜的。人到底是不是他杀的？想听听您的意见。”

律师拿出几张照片并解释道，法官认为是他的委托人对受害人施以暴行，才导致受害人最终死亡。照片上，尸体的腹部一片血红，似乎也证明了这一点。

“这就是那位死者的照片？”

“是的，没错。从照片上看，您可有什么头绪？”

我看着被放在解剖台上的尸体的照片，心中大为震动——因为死者的声音是如此清晰。

我不禁提高了音量，脱口而出：“律师先生，这并非一起杀人案。”

“不、不是杀人案？那究竟是……”

“‘我不是被人杀害的，而是被汽车碾死的。’——尸体是这么对我说的。”

“竟然是这样？”

“我确定。律师先生，得赶紧想办法，不然你的委托人就要一直在狱中蒙冤了。”

稍有差池便会有人蒙受不白之冤。哪怕早一点点也好，我也要证明这个人的清白。我怀着这样的心情，开始动笔写二次鉴定书。或许过不了多久，案件就会出现新的转机。

一些读者已经知道，我曾是东京都法医院的一名法医，尸检、解剖过上万具尸体，退休后成了一名“尸体鉴定医”，主要的工作是给尸体做二次鉴定。

在这些二次鉴定案中，有一些案子给我留下了深刻的印象。我将其中几个记录下来，分享给诸位读者，也由衷地希望越来越多的悬案能早日迎来水落石出的一天。

上野正彦

第一章

自杀、意外还是他杀

一位母亲的悲切来信

时至年关，我收到一封信，盖着“配送记录”[①]的章。信是从北面寄来的，信封后面写着寄信人的名字，我没什么印象。

——这是什么信啊？

我心存疑惑，用剪刀裁开信封。“上野正彦医生”几个字的右下角写着当事人，也就是“原告”的地址。我一下子明白了。

这是一封委托我做二次鉴定的信，来自一位失去爱子的母亲。

信的开头是这样写的：

“百忙之中，冒昧打扰，实感心中惶恐。但确有一事，希望能得到您的帮助。”

事情的经过是这样的：

① 一种邮寄形式，写有收寄件人的信息、配送情况等内容，比普通邮件的安全性更高。这种邮寄形式已于 2009 年 2 月废止。

两年前，我的独子在餐饮店的停车场被人杀害了。案子被定性为刑事案件，被告人 M 被判处三年半有期徒刑，如今正在服刑中。由于起诉时法院未认定 M 存在故意杀人的行为，所以 M 未构成故意杀人罪，而是被判故意伤害致死罪[①]。

我们就独子死亡一事，向服刑中的被告人 M 及同在犯罪现场、目击了行凶过程并和 M 一起逃走的 E 提出民事诉讼，希望能得到赔偿。

虽然 M 否认了自己存在杀害我儿子的意图，E 也声称记不清当初发生了什么，但我们还是认为 M 存在杀人故意，E 则帮助其实施犯罪。我们将二人告上法庭，如今案件还在审理过程中。

被告人 M 的证词中记录了如下信息：

“被告人 M 和 E 来到案发现场，被告人 M 对受害人施以暴行。被告人 M 体重 80 kg，用右脚脚后跟全力踩向受害人胸口，在受害人已经意识不清且昏倒在地的情况下试图给其致命一击。”

受害人胸部遭受压迫，心室中膈受创，左肺静脉破裂，引起心脏压塞，最终死亡。

---

① 和杀人罪的共同点在于都导致他人死亡，区别在于是否存在杀人故意。

我们死者家属认为，即便普通人也应该知道上述行为极其危险，甚至可能致人死亡。M 这是明知故犯，希望可以以此证明他存在“未必故意”[1] 的心理。

他在 10 分钟内多次单方面对我儿子施加暴行，并在踩踏其胸口后将其丢下，逃离现场。案件发生后，我们也曾尝试私下展开调查，但由于找不到目击者，进展并不顺利。

此外，在审判过程中我们还知道，被告人 E（为 M 提供帮助）的体重高达 100 kg。他在案发当夜穿了木屐，木屐后来被警方扣留了。

我儿子当时穿了白色长袖 T 恤，胸部附近及袖口处疑似有鞋印及木屐留下的痕迹。不知道这件白 T 恤是否可以作为物证？

我今天给您写信，主要想向您请教两个问题。

一是我刚才也说过的，如果一个人用全身的力量压向倒地昏迷者的胸口（胸口可以说是人体中枢），究竟能造成何种程度的伤害，是否会致人死亡？

二是尸体后脑勺有伤，但这个伤口是否是他倒地时被石头撞出来的？

---

① 即“行为人明知自己的行为或许会导致他人死亡，仍希望或放任这一结果发生”的行为。

就上述两个问题，想听一听您的意见。

我们死者家属失去了至亲至爱之人，然而警方的态度实在令人寒心。在刑事诉讼期间，我就对调查机构心怀不满。如今 M 无法被认定有故意杀人行为，E 无法被证明帮助犯罪，民事诉讼也陷入僵局。

这就意味着，我的孩子是在毫无反抗、单方面受到打击的情况下含恨而死的。

这实在令人痛心。

距他离去已有两年，但时至今日，我依然夜不能寐。

“妈，帮帮我呀，好疼——”

几乎每夜都是如此梦境。

我只有这些资料和独子的遗物，不知能否请您做二次鉴定？

我是不会放弃的。

我只有这么一个儿子，无论如何都不会放弃。

最后再次恳请您为我故去的儿子做二次鉴定。

我读完这封长信，将其放回信封。

我首先震惊于这封信里出现的专业术语。寄信人只是一名普通的家庭主妇，但竟然能用法医学的专业术语写信，而且用词准确。只从这一点就能看出，案发之后，她一定自学了犯罪学、法医学的相关知识。

有不少母亲找我做二次鉴定时，因为爱子心切，常常被感情冲昏了头脑，缺乏冷静的判断。

这么多年来，我检验过太多尸体，也切身体会到了母爱之伟大。母爱与父爱不同，孩子可以说是母亲身体的一部分，她们会尽其所能保护自己的孩子。

比如我就经历过这样的事。

一位母亲找到我，说她的儿子被人杀害了，想请我做二次鉴定。但我在鉴定中发现，死者其实是自杀，并非他杀。

我将结果如实转告这位母亲，但她却说："不可能的！我儿子不可能自杀。一定是警察疏于调查，一定是他们怕麻烦。上野医生，请一定还我儿子一个清白！"

然而面对如此苦苦哀求的母亲，我却不能对她撒谎。

其实在我看来，大部分自杀的人从某种意义上来说也是"被人杀死"的。当一个人与周围一切格格不入，就会被其他人疏远、孤立。他会陷入迷茫，却没有可以交心的人，然后遭人白眼，陷入穷途，找不到容身之处，最终选择结束自己的生命。换言之，哪怕只有一个人理解他、愿意帮助他，事情也不会发展到这一步。

“这位母亲，事已至此，就不要再让孩子受罪了。我相信，他直到最后一刻都很努力。”

我只能这样安慰母亲。孩子考虑再三最终选择了自杀，如果非要坚持他是被人杀害的，反而违背了他的本意。

但这次的案件有所不同。

我只是读了信，就觉得这位母亲思维缜密，她并没有被感情冲昏头脑。这封信或许是她和律师商量之后写出来的，但如果没有她自己的理解，也绝对写不出这些内容。

我连忙给信上留的号码打了电话。

“喂？啊，是上野医生吗？麻烦您特意给我打过来，真是不好意思。”

电话里传来女人颤抖的声音，可以想象出她拿着电话小心翼翼的样子。她又将信上的内容复述了一遍给我。

“嗯，唉……您也真是不容易啊。”

事到如今，我也只能先安慰她。

电话那头，母亲继续说道：“按理说我应该亲自拜访您，但不巧的是，我去年开始坐轮椅，要是真去了反而给您添麻烦。我已将我的想法全部告知律师，二次鉴定的事，就拜托您了。”

她说律师不日会和我联系，然后挂了电话。想来是痛失爱子让这位母亲备受打击，才坐上轮椅的吧。我将电话放下，不由再次感慨母爱的深沉。

新年伊始，大概刚过 10 日，律师就来找我了。

我对这起案子印象深刻，一来已从信上大致了解了事情的经过；二来由于这位母亲腿脚不便且住得远，事先将资料邮寄给我，我也通读过了。

“今天您能抽出时间见我，真是太感谢了。”

律师带来了当地特色的点心，一进门就一脸“咱们早点聊正题吧”的表情。

我接过点心，连忙说道：

“从信和资料上看，真相基本如被害人母亲所说。”

“您能这么说真是太好了。”

律师的脸色一瞬间缓和不少，大概一直在担心我会给出什么结论。

“但也存在一些问题。”

我怕他空欢喜一场，先给他打了预防针。

“还存在什么问题吗？”

律师的笑容僵在脸上，神情顿时紧张起来。

他的眼神充满疑惑：究竟还有什么问题呢？

“在回答您之前，我想先从法医学的角度梳理一下本案，也方便解释问题所在。”

“好的。那就有劳您了。”

律师看上去心思敏感，但能迅速调整好情绪，神情也立马专注起来。

——我的直觉告诉我，这样的律师或许更好沟通一些。

“我们先来回顾一下事情的经过。”

“好的，您请讲。”

“被害人在餐饮店的停车场遭被告人M殴打，倒地昏迷后胸口遭人踩踏，最终死亡。由于无法认定被告人M存在故意杀人，所以他被判处故意伤害致死罪，服刑三年半。但被害人的母亲却坚持认为M存在故意杀人。是这样的吧？”

“是的，没错。”

“母亲委托我做二次鉴定，目的之一就是希望我能从法医学的角度，解释被害人后脑勺右侧的逆U形伤口是怎么形成的。”

“是的，负责本案的大学教授提交的鉴定书语焉不详，即便在不懂法医学的我看来，也觉得含混不清，所以我们才找到您，想寻求您的帮助。”

“我明白了，那么我就从这一点开始解释。”

律师摊开厚重的笔记本，拿出笔。

“在我看来，被害人仰面倒下时，由于头部撞到了停车场铺满石子的地面，石子与右侧后脑勺发生摩擦，一直划到头顶部，所以才形成了逆 U 形的瓣状创口。”

律师挑了重点的内容记录下来——但由于他字迹飘逸，加之我又是倒着看的，基本只能看出几个符号。

“瓣状创口引发大出血，同时引起脑震荡等症状。因为我在阅读资料时注意到，尸体的脑部出现肿胀且重达 1650 克。

“一般来说，成年男性的大脑约为 1400 克，存在这个重量差就是因为出现了肿胀。当人的头部受到强烈外力冲击时，位于头盖骨内的脑也会随之晃动，进而引起脑震荡或者急性血液循环障碍，导致脑部肿胀，人就会失去意识。

“尸检报告上写着死者脑部重达 1650 克，也就说明他是因为头部外伤而失去意识的。所以我认为，死者仰面倒地时确实意识不明且毫无防备。”

“果然如此。”

律师停下唰唰写字的笔，抬起头，稍微放下心来。我留意到一个无关紧要的细节：他用的似乎是万宝龙这个牌子的笔。

“那么关于死者的死因，他是否真的是胸部压迫导致左肺静脉损伤，最终死于心脏压塞（心脏破裂后血液充盈心包，压迫心脏的状态）呢？”律师问道。

“从尸体的情况来看，死者胸骨第五肋间位置横断骨折，左侧第二、三、四、五肋骨骨折，右侧第三、四、五、六肋骨骨折，位于左右心室中间的心室中膈处也有2.5厘米创伤。这些伤口只有在相当强度的外力作用下才会出现。”

我对照着尸检报告，向律师继续解释道：

“如果被害人是在直立状态下遭人殴打，就不会形成这样的伤口。只有当他仰面倒地，遭人全力踩踏，加上对方的体重，才能达到这样的程度。若是普通斗殴，即便他被击倒在地、遭人拳打脚踢，也会有所防御，比如改变身体姿势。但本案并非如此。

“本案中，被害人保持仰面的状态，胸口近乎正中央部位遭强力踩踏，形成致命伤。这是因为他在倒地时头部的逆U形创口引发了脑震荡，失去了意识。

“而当他遭到踩踏时，背部恰好与坚硬的地面接触，才会引起胸肋骨骨折，内脏受到压迫，导致左肺静脉破裂，进而引发心脏压塞、心室中膈创伤，最终死亡。”

判决过程中，被告人 M 被认为“只踩踏被害人胸口一次，所以不存在故意杀人”。这也是被害人母亲最不理解的一点。

——怎么可能只踩了一次，他一定踩了好几脚。虽然外行人看不出来，但尸体一定保留了这样的“证据”吧？希望上野医生能在二次鉴定中帮我们找出来。

死者的母亲和律师大概是这样想的，他们对此抱有很高的期待，我也十分理解他们的心情。

“关于这一点，”我顿了顿，继续说，“非常遗憾，就尸体的情况来看，创伤是在‘一次外力作用’下形成的可能性很高。因为如果死者遭到多次踩踏后，形成的伤口就不会出现生活反应（活体对致病因子和外伤的反应）[①]。人生前死后的伤口不一样，这也是可以加以辨别的。”

“这样啊……”

律师一下子有些失落。大概我刚才的话和他们的预想相差无几，所以理所当然地认为我会说出“确实不止一次”。

---

① 生活反应指暴力作用于生活机体时，在损伤局部及全身出现的防卫反应，包括形态改变和功能变化。根据伤者存在的生活反应可以确定受伤当时伤者尚处于存活状态，有时还可借以推断伤后存活的时间。

不过关于这一点，我其实有不同的理解，所以连忙接着说：

“但请听我把话说完。在我看来，法院认为的‘只施加一次暴力，所以不存在故意杀人；倘若施加多次，则存在故意杀人’这一观点本身就不正确。”

律师的脸色又缓和一些。

“您的意思是……？”

“我没退休前遇到过不少杀人案，其中不乏被乱刀捅死的尸体。但依我所见，这种作案方式并非意味着凶手对死者恨之入骨。你愿意听一听我的想法吗？”

家里的气氛过于严肃，这里又不是法庭，桌子上摆着我端出来的点心和沏好的茶，但律师碰也没碰。

为了缓和气氛，我故意说道：“先尝尝点心吧。”

“谢谢，那我就不客气了。”

律师稍微放松下来，用小竹勺挖了一小块虎屋的羊羹①放入口中。

“真好吃。”

他紧绷的脸上终于现出笑容。

“我有时忙起来，也莫名想吃甜的。”

---

① 羊羹为日本特色茶点，由小豆、甘栗等制成。虎屋为知名羊羹品牌，创立于室町时代（1336—1573）后期，后成为皇室指定的点心供应商。

我学着律师的样子，放了一块到嘴里。

待气氛稍微缓和，我又说回正题：那是我作为评论员第一次录制电视节目，评论某起凶杀案。

“节目播出后，制作人飞一般冲进休息室，对我说，全国各地的观众都在给他们打电话。我担心是不是自己说了什么不能播出的内容。制作人却表示，‘不是不是，观众们说上野评论员和其他人不一样，他讲东西简单易懂，还很有说服力，以后你们要多邀请他呀’。”

“不愧是上野医生。”

律师吃完羊羹，大概塞了牙。为了不让我发现，又用茶漱了口。

“那期节目就是关于乱刀砍死的尸体。当时有好几位评论员，其他心理学家纷纷表示‘凶手一定对死者心怀怨恨’，只有我认为‘凶手反而是弱势的一方’。”

“行凶者是弱势的一方？”

“是的，只有弱者才会担心，万一自己这一刀捅下去对方没死，到时候奋起反抗，遭殃的就是自己。他们是为了保护自己，才反复伤害尸体。证据就是这些尸体上会出现很多没有生活反应的伤口，且多集中在手、腿等非要害部位。因为害怕，所以才会补刀。就是出于这样的心理。”

“原来是这样。”

“反之，如果凶手很强势，比如暴力团体的成员或者专业杀手，能保证一击致命，自然不会多费力气补刀。这样的尸体上大多只有一处伤口。”

律师深深点头。

“照您这么说，弱者由于缺乏经验，也不知道死者要害所在，出于害怕才拼命补刀，而强者不会。这其实和法院的判断截然相反……”

“是这样的。所以我认为，法院将死者身上只有一处伤口作为判断被告人M没有杀人故意的依据，这本身就不对。”

“听了您的话，我更有信心了。也就是说，被告人M之所以只踩一脚，是因为他在面对仰面倒地失去意识且毫无防备的被害人时，知道自己只需一脚就能了结他的性命。”

“我是这样认为的。只是这一点这很难写进鉴定书里，也是我觉得本案比较棘手的原因。”

是否怀有杀意，说到底是一个人内心的问题，而我又不是犯罪心理学家。

律师望向我的神情再次多了几分困惑。

我最终是这样写“二次鉴定书”的。

“被害人在受到致命伤前已失去意识，胸口遭到踩踏时不具备反抗能力。这也是他会受到致命伤害的原因。

“当死者受到的外力达到一定强度且足以引起胸肋骨骨折时，这种外力很可能已经波及胸腔内的器官，进而对心脏、肺等部位造成损伤，最终导致被害人死亡。”

这些话虽然不能直切要害，但作为一名法医，我已经尽力了，之后的事就不在我的职责范围内了。

“判断一个人是否具有故意杀人行为，是犯罪心理学家或者精神科医生的工作，我能在电视节目里发表自己的观点，但不能写进鉴定书里。至于犯人特有的心理，算是我多年检验尸体的经验之谈，我倒是写了一些。”

“真的太感谢您了。”

律师再次对我表示感谢，将鉴定书放进银色铝合金箱子里后就离开了。

或许对他来说这个结论并非理想，但一来我不能因为个人感情做出超出职责范围的事，二来不能擅自修改鉴定结果。

只是在本案中，我十分理解被害人母亲的心情，希望她能早日从悲伤中走出来。

自那以后，又过了整整一年。

有两人特意从北方赶来拜访我，正是案发当地的刑警。

他们是来询问我情况，写调查报告的。

由于在最初的判决中，被告人M未被认定存在故意杀人行为，被判故意伤害致死罪，所以按理说，刑警没必要千里迢迢坐着飞机来东京找我。

但事实上他们确实来了，这又意味着什么呢?

意味着警方再次展开调查，也就是说，法院认为本案还有重新审理的必要。搁置多年的案子终于被翻出来，而且还是朝着那位母亲期望的方向发展。

法院会重新判断嫌疑人是否具有故意杀人行为。但我的工作到此告一段落，接下来就要交给犯罪心理专家了。

待刑警离开后，我又整理起案件相关资料，无意中看到当初收到那位母亲来信的时间，才恍然发现她竟是在爱子故去整整两年后的第三个忌日时写的。

从那个日期上，我仿佛感受到了一种近乎祈祷的东西。

至于案件的后续。

“托您的福，案子终于尘埃落定。”

我这样期待着，但事实上，我并没有收到这样的信，那位母亲也再没有联系过我。

或许案件审理不顺让她卧床不起？或许她终究没能从病痛中走出来？具体发生了什么我并不知道。

我可以去打听结果，但知道了结果也无济于事。

我的职责不过是倾听死者的声音，再将听到的真相如实告诉活着的人们。

——那位母亲后来怎么样了？

我不禁回想起那封信来。

自杀与他杀的分界

某日吃过早餐，我随手拿起晨报，一下子注意到某篇报道。文章由四段文字构成，标题十分醒目：

“女性死亡 ×× 县[①]警方：不排除他杀可能，已展开调查”

莫非是我之前经手的那起案子？我戴好眼镜仔细瞧了瞧，确实如此。

我心道“看来那位警官后来确实有好好工作”，一边品茶，一边重新将目光投向报纸。案件的经过我已了解，如今又重新读了一遍。

“前年 8 月，×× 县一汽车内发现女性尸体，死者为本地某公司职员（当时 28 岁）。女子最初被怀疑是自杀，但警方在后续调查中发现，该女子身上投有高达 1 亿的保险金。当地警方认为存在骗保杀人的可能，现已展开

---

① 日本的县相当于中国的省级行政区，日本共有 43 个县，如：青森县、岩手县、宫城县等。

调查，并于15日对相关人员进行取证。”

接下来就要逮捕嫌疑人了吧。

——说起来，那位警官是什么时候来找我的？

我放下手中的报纸，翻开手账[①]。

“上午10点 ×× 县搜查一课[②] ×× 警官 来访”

恰好是一个月以前。

他从我这里离开后，大概迅速联合相关部门展开调查，才能有今天的进展。我虽然不知道一个月的时间对于案件侦破是长是短，但案情有了新进展，这是不争的事实。

我合上手账，接着读刚才的报道。

“据警方调查，××日清晨5点25分，有居民在附近水田旁的汽车内发现一女子身亡。

“女子坐在副驾驶席，车后座放着两个七轮炭炉[③]，炭火已燃尽。女子死于一氧化碳中毒，车辆为其朋友所有。”

这些信息我一个月前就已经从来访的警官那里得知。

---

① 记录日程安排等的笔记本。

② 隶属当地警视厅刑事部门，主要负责处理杀人、抢劫、强奸等恶劣的刑事案件。

③ 以木炭等为燃料的小型火炉，热能利用率较高。

媒体直到昨天晚上才将它们报道出来。

我回忆着事情发生的经过，继续阅读下面的内容。

“据居民称，他发现尸体时车门已上锁，发动机的钥匙并未拔出。车内无打斗痕迹，死者身上也无明显外伤。死者没有结婚，但日记中有关于男女问题的内容。警方初步判断该女子是自杀。”

报道的内容和一个月前警官对我说的如出一辙，如今再读，好像真的有调查人员在旁边向我复述。

“但警方在后续调查中发现诸多疑点，如该女子身上投有近 1 亿元的生命保险且平时不经常开车。警方认为本案存在骗保杀人的可能，已展开进一步调查。”

从晨报的日期向前推算，那恰好是一个月前的某日中午，搜查一课的一位警官找到我。

坐在我面前的警官目光锐利，寸头里夹杂着零星白发，给人一种“啊，真是个警察”的感觉——就像电视剧里的配角警察，不是穿着衬衫搭配粉色运动衣的那种，而是传统意义上的警察形象。

“百忙之中，打扰您了。”

他向我打招呼，语气倒是没听出多少“不好意思”。

“事实上有一起案子由于我们判断失误，如今正在重新调查。似乎有人指责我们疏于工作，没调查清楚就给结论，但其实不是这样的。总之，我今天来，是想就本案中的几个疑点听听您的意见。”

他讲话直白，不像有些官员，总想着保全自己的颜面。

他先承认了自己上一轮调查中的失误，然后才说明来意，这份坦率让我对他的印象有所改观。

这样的警察或许更适合审讯不愿交代犯罪事实的嫌疑人。

我这样想着，等他继续开口。

“我的第一个问题是：女子在车内身亡和她死于一氧化碳中毒，两者是否存在矛盾？”

警官说完便向我展示了几张从不同角度拍摄的彩色尸体照片。

“尸斑确实是樱红色的，这是一氧化碳中毒者的典型特征。但是警察先生，您别太心急。让我一口气回答完全部问题恐怕有些困难，您得给我一些时间。”

“这样啊。”

看得出他想问完问题当场走人，但这个愿望落空了，显得有些失落。

“您能否两周内给我答复？拜托了。”

他低下头，声音中气十足。明明是他求我办事，但冲他这个不容分说的态度，总觉得做错事的人是我。好在我刚写完另一份鉴定书，时间也能挤出来，于是回答：

“好的，我明白了。”

“我两周后再来拜访您，鉴定一事就劳您多费心了。”

然后没等我回话，他就干脆利落地走了。

我心中愕然，但同时又不禁感慨：若是没有这份魄力，大概也很难应付那些诡计多端的犯人。

两周之后的同一时刻，这位警官如期来访。

“不好意思啊，我又来了。”

明明我们才见过两次面，他的语气却熟络得像我的老朋友。

“紧赶慢赶的，总算没耽误。”

大概是被他传染了，我的语气也跟着随意起来。

我将写好的鉴定书递给他，说：“我再和你口头解释一下吧。”

“那可太感谢了。我这人比较笨，尤其是看专业人士写的文章，一下子也看不太懂。”

他拿出笔记本，说：“第一个问题我上次问过了。”

和他自己的表述不同，他的记忆力其实很好，对两周之前我们聊了什么、聊到哪里都记得十分清楚。警察审讯犯人时，需要时刻留意供述里是否存在前后不一致的地方，好的记忆力是必需的。

“女子的死因是一氧化碳中毒，这和她死在车内是否存在矛盾？”

“本案中，尸斑呈樱红色，正如我上次和您说的，这是一氧化碳中毒者的典型特征。此外，尸检调查也显示，死者血液中的一氧化碳浓度为90%，也可以证明她确实死于一氧化碳中毒。”

警官挑了重点记下来，他的笔迹很粗，仿佛拿的是水彩笔。他的笔记本是灰色的，外面有一圈黑边，三个本子被他粘在一起，显得鼓鼓囊囊的。学生们总用这种本子记笔记。

“其次是关于死亡时间。”

“嗯，你是指从炭火燃烧到女子身亡需要多长时间吧。”

我们不能用活人做实验，但作为一名老法医，结合之前的经验，我是这样考虑的。

根据《日本医师学会杂志》第50卷12期，当人呼出的气体中CO（一氧化碳）的浓度稳定在0.1%时，30分钟后人就会眩晕、头痛，2小时后则可能死亡。

由于血液在人体内循环一周大约需要50秒，即便CO浓度较低，吸入肺部后，也会迅速与红细胞内的血红蛋白（Hb）结合，导致血液中的 COHb[①] 浓度增高。

但这并不意味着人一旦吸入一氧化碳，大脑、心肺就会立刻停止工作。只有当他持续处于意识模糊、昏迷、假死状态，身体的三大器官（大脑、心脏、肺）才会永久丧失机能，最终死亡。

因此，对于一氧化碳中毒者而言，即便呼出的气体中 CO 的浓度较低，只要吸入的时间足够长，也会让血液中 COHb 浓度增高，从而死亡。

“根据您给我的资料，10 分钟后车内 CO 的浓度约为 0.1%，20 分钟后增至 0.2%。由于死者始终在车内呼吸，血液中 COHb 的浓度可能达到 60%~70% 以上，是存在生命危险的。大约 30 分钟后，车内 CO 的浓度升至 0.3%。尸检报告显示，死者血液中 COHb 的浓度为 90%，所以可以推测从炭火燃烧到死者身亡大约需要半个小时。”

“半个小时吗？”

“是的。”

我并不清楚这个时间对于案件侦破意味着什么，重

---

① 即碳氧血红蛋白。当一氧化碳经呼吸道侵入体内后，会与血红蛋白结合产生碳氧血红蛋白。由于一氧化碳与血红蛋白的亲合力比氧与血红蛋白的亲合力高，且与血红蛋白的解离速度低，所以碳氧血红蛋白一方面能使血红蛋白丧失携氧能力，同时还能阻碍氧合血红蛋白中氧的分离和组织内二氧化碳的输出，最终造成组织器官缺氧而产生中毒症状。

要还是不重要，警官没有告诉我。我能做的只是结合过往经验和尸体情况，将我知道的内容如实传达出去。

“我曾经遇到过一起案子。有目击者称，有人试图向车里排放废气，等他 15 分钟后再来看时，那人已经死在车里了。类比本案，考虑到死者的身体特征以及尸体情况，我认为从一氧化碳产生到女子身亡大约需要 30 分钟。”

或许是下笔太重，警官手里的笔逐渐写不出字了。他将汗毛浓密的手伸进茶色的旧皮包里，大概是想找一支新的，但翻了半天也没找到。

我见他许久不语，于是借了一支笔给他。

“不好意思啊，最近的笔总是写着写着就不出水了，太不方便了。商家是不是在变相涨价啊。”

他大概想说笔里的墨水比过去少了？

但我从没听说过厂家为了偷偷涨价故意减少墨水的。我自己是体会不出来，只能回他一个礼貌的微笑，等着他接下来的提问。

只是这一等就是好半天。

他仿佛在思考我刚才的话，表情如常沉默着，好像身边没我这个人似的。

“那么下一个问题，从法医学的角度来看，您认为死者是自杀还是他杀？或者说，能判断出来吗？”

“如果有人被小刀或菜刀之类的刺伤，法医可以通过作案凶器和创口之间的关系判断这个人是自杀还是他杀，这是相对容易的。但像本案这种一氧化碳中毒或者投毒杀人的情况，不论是自杀还是他杀，死亡过程都是一样的，判断起来就困难一些。”

“这样啊，我们最初也觉得她是自杀。唉，确实没想得太深入。”

“可我从资料上看，案发现场好像还存在几处疑点。”

“是啊，这一点我也非常惭愧。”

“关于这几个疑点，我也有一些自己的思考。”

“那太好了，我正想听一听您的高见。”

他仿佛一开始就知道我要这么说，不愧是和人打交道的专家。

“首先我们假设女子是自杀的。”

“您请说。”

“女子死于炭火燃烧产生的一氧化碳中毒，这一点我刚才也从法医学的角度解释了。那么如果她真是自杀，她就需要先将炭搬进车里，再亲自点燃。”

警官轻轻点头，等着我接下来的话。

“如此一来，她的手指上必然会沾上黑色炭粉。但尸体照片显示，死者手上并没有黑色炭粉。假如她戴着手套操作，车里也应该留有沾了炭粉的手套，可事实上并没有，这一点没错吧，警官先生？”

“是的，没错，我们并未发现手套。”

他回答完这句，表情稍微变了变，插话道：“可您说，手套会不会被犯人带走了？”

“啊？”

我有些吃惊地看他：“我们是在讨论自杀的情况，警官先生。”

他这才反应过来自己想错了，于是豪爽地笑起来：“对对，自杀，真是不好意思。”

大概是觉得太丢脸，他笑了半天也没停。

等他终于不笑了，才用手敲着膝盖，说：

“哎呀，我真是脑子不灵光，不然也不会闹出这种笑话。明明在说自杀，我怎么就能想到犯人拿走了呢？真对不住，您继续。”

“另一处说不通的地方是死者的凉鞋。从照片上看，死者的凉鞋没穿在脚上，两只都放在左脚前方。如果凉鞋是在挣扎的过程中脱落的，按理说，应该分别掉落在两只脚前。但案发现场的凉鞋是斜着放的，而且鞋尖均朝向死者右前方，鞋跟朝向死者左前方。这一点也没错吧？死者坐在副驾驶席上，凉鞋的位置又该如何解释。

没错，只有一种可能。”

警官心下了然，深深点了点头。

“鞋不是她自己脱掉的，而是有人打开副驾驶一侧的门[①]，慌慌张张放进去的。这就能解释得通为什么鞋会出现在死者斜前方，而且鞋尖朝右鞋跟朝左。”

直觉告诉他“这里是问题的关键”，所以从刚才开始，他一句闲话也不多说。

“此外，为什么死者会坐在副驾驶席而非驾驶席，这一点也很奇怪。我们继续假设她是自杀的，而且是一路开车到案发现场的。”

警官再次深深点头。

我这才注意到，他的这些反应会让我们之间的对话更容易进行下去。

不论是表示赞同、认真思考时的神情凝重，还是会心一笑时的坦诚爽朗。

他仿佛一个领航员，引导着我接着往下说——真不愧是打探消息的专家。

“从现场的情况来看，如果女子真是自杀，那么事情的经过应该是这样的。”

---

① 日本为右舵驾驶，副驾驶位于左侧。

我被他引导着，心情不错地解释：

“案发当天深夜，女子开车进入山中。她先将车停好，然后拔掉车门钥匙，放在前挡风玻璃旁，接着特意离开驾驶席，坐到副驾驶席上，脱了凉鞋，斜放至左脚前方，最后自杀——应该是这样一个过程。但通常情况下，如果驾驶员想要自杀，往往不会特意换座位。这么一看，不合理的地方就太多了。”

“经您这么一说，确实如此。不得不承认，是我们的判断失误，真是太惭愧了。”

警官将手放在大腿上，垂下头。

“此外，用两个炭炉这一点也很可疑。明明一个炭炉就足以致人死亡，为什么要放两个？况且这两个炭炉没有放在死者脚边，而是特意放在后座下方。这又是为什么？通常情况下，驾驶员自杀时会坐在驾驶位，再将炭炉放到副驾驶席上。”

“您的意思是……”

警官的脸上浮现出恍然大悟的神情。

“尸体检测出的酒精浓度也是一个值得注意的地方。”

“您是说？”

为了方便对方理解，我对比着写好的鉴定书，说道：

“尸检报告显示，死者血液中的 COHb 浓度为 90%，且检测出 Halcion[1]、Rohypnol[2] 成分，尿液的酒精浓度为 20 mg/dl。从这个结果可以推测，死者应该在炭火燃烧前或燃烧后不久，同时服用了酒（或者酒精类饮料）和安眠药，然后陷入昏睡状态。但这也说不通，因为车内并无药物的包装袋、空酒瓶或者纸杯等物。换言之，她并非自己服用药物及酒精后自杀的。”

“确实如此，听您这样一解释，自杀的可能性就越来越小了。我们之前竟能当成自杀处理，真是太不应该了，也太对不起死者了。我回去就立刻重新调查。”

“那就有劳各位了。最后还有一点。”

我学着某部电视剧里警察的样子，竖起右手食指。

“是什么呢？”

警官正要合上笔记本，听了我的话停下动作，等待我接下来的话。

“死者是一名女性，但尸体可见明显小便失禁。”

---

① 又名“海乐神”“海洛欣”“酣乐欣”等，镇静、催眠类药物，主要成分为三唑仑。2008 年 12 月日本艺人饭岛爱逝世，法医就曾在她家中发现含有三唑仑的药物。

② “氟硝西泮”，镇静、催眠类药物，20 世纪 70 年代由瑞士罗氏药厂研发制造，80 年代进入日本市场，由两家药品厂商（成分相同，分别命名为 Silece 和 Rohypnol，日文为：サイレース、ロヒプノール）售卖。后者已于 2018 年停止售卖。

他难得浮现出“那又怎么样”的神情，用一种“自杀必然伴随小便失禁吗”的眼光看向我。

“这也是我综合过去的经验得出的结论：和男性相比，女性更在意自己死后的样子，自杀前往往会先排尿。因此，像本案这种急性中毒死亡的情况，即便出现小便失禁，量也不会很多。”

“啊，还有这一层原因在里面。”

“是的。”

“听您这么一说，想想我过去经手的自杀案，好像真是这样。”

“小便失禁严重有以下两种可能，一是死者自杀几小时前曾服用过酒精及安眠药；二是她没来得及排尿就自杀或遭人杀害了。前者说不通，因为处于昏睡状态的人不可能自杀。”

“原来如此。”

“后者的情况我刚才也解释了。年轻女性为了不被别人看到自己的丑态，也不可能不事先排尿。”

警官将笔记整理好，从我家离开了。

自那之后，又过去整整一个月。

“女性死亡　××县警方：不排除他杀可能，已展开调查”

晨报刊登了这则新闻，而我恰好看到了。

事实上，还有一点我忘了说。因为不是什么特别重要的内容，不值得特意打电话。我本想着要是他再来问我其他事情，就顺便告诉他。

“对了，警官先生，还有一点我忘了说。如果一位女性决定自杀，不论她多大年纪，一定会事先给自己化一个精致的妆。”

茅塞顿开

美国某大城市，凌晨3点半。

一个男人仰面躺在某高级酒店院子的游泳池边。他穿着内衣，裹着白色浴巾，旁边放了一只坏了的烟斗。一名保安最先发现了他，以为是有人喝多了倒在院子里睡着了。

“喂，醒醒。”

保安以为是留宿的客人，出声提醒道：“在这里睡觉会感冒的。”

他晃了晃男人的身体，这才发现异常。

“死、死了！”

保安注意到男人眼睛微睁，嘴角有少量血液流出，更关键的是，他的身体已经开始僵硬。保安慌忙呼叫同伴，并迅速给医院打了电话。凌晨4点，男子被赶到现场的急救人员确认死亡。

死者的身份被迅速锁定，是独自住在酒店6层的日本籍男性，40多岁。房间南侧有阳台，从阳台上可以看到他倒下去的游泳池。他大概是从这里摔下去的。

刑警用万能钥匙打开房门，发现桌子上放着两份吃剩的食物。酒店记录显示，该男子曾在 23 点 10 分叫过送餐服务。

如果其中一份是他自己的，那另一份又是谁的？那个人去了哪里？

警方迅速展开调查，发现当时房间里还有一名女性，另一份食物就是她的。

那么这名男子是怎么死的？被人杀害？意外事故？还是自杀？

警方继续深入调查，一些疑点逐渐浮出水面：男子原本住在 3 层，向酒店提出想住得高一些，才换到 6 层。据附近的房客称，大约凌晨 2 点至 2 点 30 分左右，曾听到“嘭”的一声巨响，但没有听到呼救声。

警方随后又找到那名女性，但发现该女子案发时并不在酒店。也有不少目击者证实，他们曾于凌晨 1 点左右在酒店正门玄关处看到过她。

这也许并非一起杀人案？

又或者凶手另有其人？

不论是房间还是阳台，都未见搏斗痕迹。警方与死者家属取得联系，询问该男子是否有财物被盗。家人表示没有，甚至连价值高昂的宝石也留在房间里。如果真是盗窃，小偷怎么可能不注意到放在醒目位置的宝石。

而假如男子是被另外一名女子或者其他什么人杀害，那她/他又是用什么方法，在其他人听不到呼救的情况下，将男子从阳台上扔下去的呢？尸体体内并未检测出有毒物质。这也排除了犯人先下毒再行凶的可能。

综合上述几点来看，男子被杀害的可能性很低。负责凶杀案的警察也将接下来的工作转交给他人处理。

那么只剩下两种可能：意外事故或者自杀。

尸体的情况又如何呢？

美国的尸检报告显示：特别值得注意的是，死者双大腿后侧“擦伤”处可见“皮肤碎屑”，且受到从脚至头方向的外力，说明死者从阳台坠落时是腿部先着地的。

简单来说，就是该男子坐在阳台的栏杆上，一点点滑下去了。其证据是他两条大腿后侧存在擦伤。

此外，报告的其他部分也有如下记载：

大腿后侧的“擦伤”说明死者生前曾与某物品（如阳台的栏杆）发生摩擦，且摩擦方向为由脚至头，也意味着死者坐在栏杆上时须背对房间面朝游泳池。

美国法医描述的情况或许存在，但考虑到男子裹着长及脚踝的浴巾，穿着摇摇晃晃的拖鞋，嘴里还叼着烟斗，想要跨过阳台的栏杆（高约 1 米）并非易事。

另一方面，警方还考虑过男子可能是自杀，只是他们没有找到遗书，也没有其他证据显示其存在自杀意图。

最后，由于案发当夜有除死者之外的其他人在场，警方又不得不怀疑是他杀。尸检解剖结果无法证明这一点，但也无法否认这一点。

综上所述，美国方面得出如下结论：

"本案经全局认真讨论，在对所有可能的情况进行逐一排查后，得出一致结论：无法确定其死亡原因。"

也就是说，美国方面虽然认为男子是从阳台跌落的，而且在跌落过程中大腿后侧与栏杆发生过摩擦，但他们并不清楚为什么会出现这种情况。

我们再将视线转回日本。

案件发生后，死者家属起诉保险公司，希望能够得到赔偿。

事实上，该男子投有高额保险——一旦死于意外事故或疾病，可以从六家保险公司共获得近 7 亿日元的赔偿金。

"上野医生，我又来麻烦您了。"

一位中年律师给我打了电话，此前我们有过多次合作。他业务能力很强，这次是替保险公司一方辩护。

律师和保险公司认为，本案中，或许有人为了骗取保金，伪装了一起意外事故。他们以此为由拒绝支付赔偿金，结果被死者家属告上法庭。

我看着手边的日程表，和律师约了时间。

“下周二如何？”

“好的，没问题。这次也要拜托您了。”

我和他约好时间，挂了电话。

我们约好周二下午2点在我家见面，刚到时间，门铃就响了。

“请进。”

“打扰了。”

我开门迎接，发现来的却不止他一个，旁边还跟了一位年轻漂亮的女性。这让我有点惊讶。她是谁呢？也许是法院的人？我心里琢磨着，将他们引进会客室。

中年律师这才正式向我介绍身旁的女性：“这位是我们律所的新人律师。”

“请多指教。”

女律师神色紧张地递上名片，向我深深鞠了一躬。我不禁讶然，因为她是我做二次鉴定以来接触到的第一名女律师。

“我还是第一次和女律师打交道。”

“最近女性律师也越来越多了。”

中年律师向我介绍律师行业的情况，打趣道：“和男律师相比，优秀的女律师其实更多呢。”当然，他说的不是性别差异。一个人是否优秀更取决于其自身的能力。但时代确实和过去不同了。

我的妻子曾是本地的议员，一直为了各种活动四处奔波，尤其关注女性发展问题。虽然现实和理想依然存在很大差距，但我看她辛苦的样子，也不由感慨“社会真是越来越好了”。

“上野医生，这次的案子我主要想请她来负责，还请您多关照。”

听到这里，女律师神色一凛。从她的目光中，我看到了她的决心——作为一名律师，要全力以赴找出真相的决心。

“这次是什么案子？”

“是一起发生在美国的案子。一位在美国出差的日本籍男性，从酒店阳台坠落身亡，死因至今还在争论中。”

“所以？”

“因为他投有高额保金，我们也私下调查过，认为这可能是一起伪装意外事故的骗保自杀案。我们今天带着资料来找您，也是希望能请您做二次鉴定。”

中年律师打断女律师的话，说：“来的时候我就和你说了，上野医生要先看资料，再作判断。而且是尸体说什么，他就说什么。”

“还是您了解我。不能因为你们律师来找我，我就顺着你们的意思来。”

虽然也有偏袒律师的法医，会在鉴定过程中作出对他们有利的判断，但我不是那样的人。如果鉴定结果与律师的预期不符，我就会直接拒绝这份委托。

今天来的两位律师是替保险公司辩护的。对于保险公司来说，如果从阳台坠落的男子并非意外身亡，而是为了保金伪装自杀，那么他们就不必支付巨额赔偿金。两位律师也是出于这个目的才找我，自然希望我的鉴定结果是“自杀”。

如果我通读资料后认为该男子的确死于自杀，就会接受他们的委托，否则就不接受。我不能为了收他们鉴定费而作出有违事实的判断。

“上野先生当真不为金钱所动。”

看得出女律师对我很是尊重，这反倒弄得我有些不好意思。我故意说：“如果我的收入和两位一样高，没准就为金钱所动了。”

她听出我在开玩笑，也跟着笑起来。我虽然和她接触的时间不长，但觉得她头脑聪颖，很擅长聊天，说话张弛有度。我心中赞叹，不愧是跨越重重障碍最终成为律师的精英女性。

“那么关于这个案子，你自己又是怎么考虑的呢？”

“说实话，我也觉得十分棘手。本案确实存在诸多疑点，比如保金数额实在巨大，最关键的是美国警方认为他是从阳台摔下来的。一个喝到酩酊大醉的人，失足从阳台上摔下来，也不是没有可能。想要推翻这个结论，应该十分困难。”

说起来，两位律师找到我时，距离案件发生已过去 4 年。4 年间，双方一直就“事故还是自杀”这个问题争论不休。由于缺少决定性的证据，迟迟没有结论。

“法院还委托了国内某大学的法医学教授做鉴定吧，他的结论是怎么样的？”

“嗯，其实有些语焉不详。”

“语焉不详？”

法院曾委托某知名大学的教授，在美国尸检报告的基础上重新做了一次鉴定，作为判断依据之一。这份鉴定报告他们今天也带过来了。

“法院希望教授能够指出，男子的死是由他杀行为引起的、自杀行为引起的，还是其他原因引起的，又或者无法确定死亡原因。教授给出的结论是：死因的种类不明确。”

“也就是说，不论是美国专家还是国内知名教授，都无法确定该男子的死因？”

“是这样的。”

女律师面露歉意。虽然问题并不出在她身上。

“如果是这样，想让我给出新的鉴定结果，恐怕也很困难。”

女律师笑得有些尴尬，仿佛在说：“是啊，现实情况就是这样啊。”

“但无论如何，还想请您帮忙。”

中年律师也在一旁帮腔，身经百战的他倒是很镇定。

“我相信，只要有您在，案子就一定会有新的进展。我们后来也调查过，从间接证据来看，男子确实死于自杀。但尸体什么也不‘说’，我们也一筹莫展。”

“我曾在学生时代拜读过您的作品[①]，真的非常有趣。”

---

① 原著名为《死体は語る》，中文直译为《尸体会说话》，是本书作者退休后的第一部著作。中文译本名称为《不知死，焉知生》，王雯婷译，北京大学出版社 2014 年 11 月出版。

女律师这时又突然聊起我的书，侃侃而谈自己的读后感——她确实头脑聪颖，讲得也头头是道。

被人夸了，我自然心情不错。虽然直觉告诉我，这次的案子，就算继续深入调查下去，恐怕也查不出个所以然。但一来中年律师是我的旧识，二来我也感受到了年轻女律师的热情与决心，最终还是决定先看资料，再给他们答复。

“真的太感谢您了！”

女律师的声音透着一股兴奋，仿佛我已经接受了他们的委托。但说实话，我对结果并不乐观——之所以没有当场拒绝他们，只是不想让现场的气氛太过尴尬。

“先说清楚，我还没有决定要接下委托。”

我再三强调，这才收下资料。

等二人离开后，我才心情沉重地翻开堆积如山的资料。资料的主要内容如下：

1. 美国法医的尸检解剖资料

2. 美国警方的追踪调查报告

3. 现场及尸体照片

4. 日本法医学教授的鉴定书

我阅读资料时有个习惯，就是将全部资料摊开放在沙发旁的茶几上。要是位置不够，就挪到地板上。好像这样就能纵观案件全貌。

——两国权威机构都认为死因不明的案子，我又该如何着手？

面对如此多的资料，我再次叹气。

先一一读了再说吧。我按照时间顺序，先翻开美国法医的尸检解剖资料，然后是现场及尸体照片……

就在这时，我忽然注意到照片上的异常，讶然道：

“他根本不是意外坠楼，而是自己跳下去的。”

两周后，我给新人女律师打了电话。

“二次鉴定书我已经写好了，您可以来取了。”

“百忙之中，真是太感谢您了！”

电话那头，她的声音里是掩饰不住的兴奋。

“啊？自己跳下去的？竟然是这样？”

“是的，这个男人并非喝醉了误爬上阳台，然后从栏杆上失足掉下去摔死的。”

“这我可真没想到。您又是怎么发现的呢？”

“其实很简单。”

“简单？您的意思是？”

女律师的困惑我可以理解，因为尸检报告摆在那里。

只是当我看到尸体照片时，心中不由愤愤，怎么能犯这种错误，而且还是一错再错。

“医生，他真的不是意外坠亡而是自己跳下去的？”

“没错。”

“这到底是怎么一回事呀？”

“男子大腿后侧的伤口其实并非美国法医认为的‘擦伤’，而是‘边缘性出血’。”

“‘边缘性出血’？”

“是的，你仔细看死者的伤口。”

我向女律师展示死者腿部的照片。大腿骨位于大腿内部中心位置，从图上看，尸体腿部只有这个部位泛白，两侧沿着骨骼则有红色出血。

“这种伤不是擦伤，而是边缘性出血。顾名思义，就是骨骼以外的边缘部分出血。请伸出手来。”

为了避嫌，我让她将手指放到自己的手腕上，说：“请用力按压再松开。”

女律师一脸茫然，但还是按照我的话按压自己的手腕。

她和我不同，皮肤白且细腻，应该看得出效果。

事实证明，我的想法是对的。

“你看，食指按压的部分是不是变白了？那四周呢？”

“变红了！”

“这和边缘性出血是一个道理。当手腕受到压迫时，被按压的部位变白，周围的部分则会变红。本案中，男子从高处坠落，大腿撞上坚硬平坦的水泥地面，骨头自然受到猛烈冲击，所以伤口才会沿骨骼方向泛白，而周围泛红。”

女律师兴奋得涨红了脸。她思维活跃，很快明白这一点对于本案来说意味着什么，之前的问题又出在哪里。

“您的意思是，尸体在对我们说‘我腿上的伤并非翻越栏杆滑下去时摩擦留下的，而是撞击水泥地时产生的’。是这个意思吧？”

“是的，你说得没错。”

根据案发现场的情况及尸体资料，我认为事情的经过大概是这样的：

男子越过阳台的栏杆，左腿蹬在阳台上，左手抓住栏杆，右腿和右手悬空。

通常情况下，跳楼自杀者会背对建筑物、面向屋外，但也有一部分（约 30%）自杀者会面向建筑物、背对屋外。在我看来，他们大概是出于害怕。

男子为了方便左腿发力，于是面朝阳台、背对屋外。

坠落时左侧臀部向下，以腰部为中心向前弯曲身体，并保持这个姿势落地。由此一来，大腿后侧就受到猛烈撞击，出现边缘性出血。

这就能解释得通为什么保安发现他时，尸体是仰躺着的，而且距离建筑物 2 米左右，脚朝建筑物、头朝远处。

若真如美国法医或者国内大学教授推测的那样，死者是坐在栏杆上滑下去的，那么他就不会出现在距离建筑物 2 米远的位置，而且呈仰面状。

当然，最关键的证据还是腿部的伤口，不是擦伤，而是边缘性出血。

“也就是说，男子并非死于意外事故，而是跳楼自杀的。”

听了我的解释，女律师脸上的忧色一扫而空。

“我听明白了。”

她说着，再次看向我。

“您的一番话，真是让我茅塞顿开。”

第二章

死因只有一个

给活人做鉴定

“上野医生，有一起案子想麻烦您，但没有尸体。”

“啊？”

我一度以为自己听错了。一位旧识律师来找我做二次鉴定，但我怎么也没想到，这案子竟然“没有尸体”。

“是人受伤了但没有死？”

“是的，不知这种情况能否请您帮忙。”

“以前倒是有朋友找我，让我帮着给某公司做体检，但时间不长。”

我是一名法医，本职工作是倾听死者的声音。每次作报告时，主持人介绍我基本都会强调“上野医生检验过两万具尸体”。反过来说，我与活人打交道的时间实在有限。

“您去做体检？我还是第一回听说。不过您既然这么说了，我就放心了。事情其实是这样的……”

我从律师那里得知，这次的案件大致经过如下。

事情发生在某地的一个寺院。某日丑时三刻[①]，夜深人静，住持睡得正沉。忽然，他听见“轰”一声响，紧接着感到阵阵热浪。他睁开眼睛，发现房间已被烈焰与浓烟充斥，灯也不亮了。

“着火了！”

住持心中警铃大作，踉跄匍匐着向茶室跑去，途中撞伤了左侧大腿，眼镜也摔碎了。他抓起放在茶室的浴衣，想要披在外面逃走。但火焰迅速蔓延到衣服上，他又急急忙忙脱了丢掉。置身火海的住持不清楚周围的状况，心中无比恐惧。只能拼了命往外跑，这才侥幸逃生。

“住持的证词就是这样的。”

“所以这次的委托是……？”

“事实上，住持投了高额的意外伤害险和火灾险。我们怀疑本案可能并非失火，而是有人故意纵火，所以拒绝赔偿。”

“双方僵持不下，最终闹上法庭？”

“大体上是这样的。”

---

① 根据日本古代记录时刻的“延喜法”，丑时三刻指的是凌晨 2 点至 2 点 30 分这段时间。受中国阴阳五行思想的影响，日本人认为丑时三刻容易遇见幽灵鬼怪。

“所以这次是让我给活人做鉴定？”

“是的，这位住持虽然被烧伤了，但案子究竟是失火还是纵火，还想请您结合伤口和火灾现场的情况加以判断。上野医生，是不是活人比较棘手啊？”

“如果人还活着，还是直接问他比较清楚。”

我半开玩笑回答着。律师的脸上不由浮现出苦笑。我说的其实没错，但如果这位住持肯说实话的话，律师也不会来找我了。

“尸体是不会说谎的。”

“是啊，总听您这么说。”

“但遗憾的是，活着的人会。”

“怎么说呢，如果世界上都是正直的人，我们律师就没饭吃了。从某种意义上说，我还得感谢他们……”

“您说得没错。”

“那么二次鉴定一事，可否请您帮忙？”

“我之前也遇过不少火灾案，比如赤坂 New Japan（新日本）宾馆失火[1]那次。虽说活人和死人不同，但既然都是烧伤，或许我也能看出点端倪。只不过……”

---

① 1982 年 2 月，日本东京都千代田区的 New Japan（新日本）宾馆发生火灾，大火持续燃烧了 9 个小时，宾馆 7 层至 9 层合计 4000 余平方米建筑受损，致 33 人死亡，34 人受伤。

“只不过？”

“只不过我现在还不知道鉴定结果，所以还是先给我一点时间，让我看看资料。”

“好的，又要麻烦您了。”

事实上，这个寺院之前就发生过两起类似的火灾，保险公司也进行了赔偿。

虽说是寺院住持，但此处一没有檀家[①]，二没有墓地，基本处于“开店停业”的状态。

原告住持和被告保险公司分别请了专业人士，就起火点附近是否残留有促进燃烧的油类成分等问题进行了调查，但都未能找到决定性证据。

保险公司也暗中走访，从附近居民那里打听到了一些情况。

律师交给我的材料如下：

1. 消防记录

2. 住持的烧伤照片

3. 住持的陈述书及询问调查笔录

4. 保险公司的陈述书

① 即“施主”。施主的葬礼祭祀归属特定的寺院，同时要向所属寺院布施。

5. 医疗记录

和平时一样，我将资料摊在桌上，一份一份仔细阅读，一不留神就沉浸到案件中去了。但和往常不同的是，我这次心中实在没底。

住持真的能像尸体一样向我吐露心声吗？

——看来还是纵火啊。

我通读了全部资料，得出如上结论，而且认为这个结论基本不会出错。在我阅读资料的过程中，手边的材料就像尸体报告一样，在我耳边清晰地说："是住持放的火。"

首先引起我注意的是火灾中的爆炸声。

根据住持的说法，他先听到一声巨响，然后发现着火了。如果他所言不假，那么就存在以下两种可能。

第一种是最初的火势不大，一段时间后，不完全燃烧产生的一氧化碳充斥整个房间，从而引起爆炸。由于住持说他一直在屋内沉睡，如果是这种情况，他大概率会因为一氧化碳中毒或失去意识最终被烧死，很难逃出生还。事实上，我也遇到过不少类似的案件。

但在本案中，住持始终意识清醒，并没有出现一氧化碳中毒的迹象，而且最终逃出获救，这就说明火灾并不是这种原因引起的。

第二种是煤气、油灯等可燃物燃烧引发的爆炸。但如果是这种情况，住持应该会被严重烧伤，又与本案情况不符。

住持的烧伤照片显示，住持躯干部位的伤口主要集中在两上肢前面、外侧面及两下肢前面，背部并没有烧伤。这一点很关键，因为通常情况下，这种原因引发的大火往往能瞬间将人吞噬，后背未被灼伤并不符合常理。

其次是烧伤的部位及程度。

正如我刚才说的，住持躯干部位的烧伤主要集中在两上肢前面、外侧面及两下肢前面。虽然他右前额部及双手手背上也有烧伤，但和其他部位相比，程度较轻。

这也与他的证词以及伤口情况存在矛盾。

当人被烈焰包裹，连衣服都被烧着时，会下意识拼命拍打火焰，如此一来，手心也会被严重灼伤。而在本案中，住持的烧伤只出现在手背而非手心。这也很值得怀疑。

此外，还有一些细节。

比如，住持说他是从火场中侥幸逃生。那么根据他的说法，火灾现场应该充斥着煤烟（黑色炭粉末）、火焰和一氧化碳。

由于人在逃生时也需要不断呼吸，所以气管往往会被烧伤，也会出现一氧化碳中毒的症状。即便没到中毒的程度，他的鼻腔、口腔、气管黏膜处也应该附着有逃跑过程中吸入的黑色炭粉末。但根据医院的记录，住持被送至医院后，鼻毛未见烧焦，也未表现出呼吸困难的情况。反倒意识清醒，可以正常与人交流。

根据我以往的经验，从火灾现场逃生的人，皮肤外表面、黏膜及咽喉处通常会被烧伤，也会出现吞咽障碍或气管烧伤，导致呼吸、发声异常。

伤者往往会咳嗽、咳痰，甚至咳血痰，痰中附着有黑色炭粉末。一氧化碳中毒也会引起头痛、呕吐、意识模糊。但在本案中，住持并未出现上述情况，也未见治疗痕迹。

综上所述，我认为住持的证词与实际情况不符，二者存在较大矛盾。这里非常重要，我再强调一遍。

住持说："我先是听到一声巨响，然后发现着火了，房间里都是火和烟。我好不容易才爬着从火灾现场逃出来……"

如果真是这样，他的背部就更不可能不被烧伤。

我将这些想法写成“意见书”，交给律师。

流程和之前一样，但我心中惴惴不安，因为我对自己的鉴定结果实在没信心——毕竟这是我第一次给活人做鉴定。

我告诉自己“没问题”，心里却还是七上八下的。会不会哪里出错了？会不会有什么地方我考虑得还不够周全？我一直跟死者打交道，心里着实不安。

又过了一段时间，律师一直没有联系我，我的生活慢慢恢复了往日的繁忙。这起案子被我放在记忆一隅，但或许“第一次给活人做鉴定”的体验实在太过珍贵，每当我看到电视里报道火灾案，心中难免浮现起“法院的结果如何了？”“最终还是输了吗？”之类的念头。

“上野医生，好久没联系。官司打赢了！”

电话那头传来律师许久未闻的声音，透着难掩的兴奋。

“真的吗，那太好了。”

这时距离我将鉴定书交给他已经过去四年。

我翻开法院给的判决资料，首先映入眼帘的一行字是：

“主文 原告放弃所有诉讼请求。”

——没想到竟是全面胜诉。

“原告住持是否参与纵火”

此处争议较大，原文记录如下：

《被告保险公司的主张》

•本次火灾是由分散在建筑物内部的油灯引起的，属人为纵火。

•原告（住持）没有收入来源，且能从本次火灾中获得高额利益，存在纵火动机。

•原告所在寺院建筑物曾两度起火，和本次火灾一样，原告此前也都购买了高额保险金。

•原告火灾前后的行为存在不自然且不合理之处。

•原告虽然在本次火灾中受伤，但不能证明其未参与纵火。其伤口不符合通常情况下建筑物起火引起的伤口特征，也与其供述的逃生经过存在矛盾。

•原告对各保险公司关于本次火灾的经过介绍及说明不合理。

•可以排除与原告无关系的其他人纵火的可能，

可以认为原告确实参与本次纵火。

原文有些长，我只截取了一部分。

通过这几段话，诸位读者大概也能明白双方一直就哪些问题争论不休了。

和我的鉴定有关的是第五点。关于这一点，法院和法官又是如何判断的呢？

“据原告（住持）描述，他先是听到一声巨响，然后在热浪中醒来。由此可以推断，本案中的大火是由可燃性液体燃烧后爆炸引起的。如果是这种情况，原告很可能一瞬间就被大火吞噬。但他躯干部位的烧伤仅出现在两上肢前面、外侧面及两下肢前面，未出现在后背。这一点并不符合常理。”

我的鉴定书是这样写的：

“本案的烧伤照片显示，住持躯干部位的伤口主要集中在两上肢前面、外侧面及两下肢前面，背部并没有烧伤。这一点尤其值得注意。

“通常情况下，这种原因引发的大火往往能瞬间将人吞噬，后背未被灼伤并不符合常理。”

内容基本是一样的。

看来法官在作出判断时确实参考了我的鉴定。

此外，审判记录中还有如下内容：

“根据原告（住持）供述，他是从熊熊烈火中逃出建筑物的。由此可以推断，在火灾发生时，建筑物中应该充满煤烟、火焰及一氧化碳。

“如此一来，原告的鼻腔、口腔及器官黏膜处应该附着有吸入体内的黑色炭粉末，也会出现气管灼伤、一氧化碳中毒等症状。火灾发生后，原告被紧急送往医院。但医院的记录中未见其出现上述情况，也未见治疗痕迹。

“可以说明，上述事实与原告供述的逃生情况不符。”

这是判决书里的内容。

关于这一点，我在前文中也写了自己的看法。

为了方便诸位理解，我再重复一遍。

“住持说他是从火场中侥幸逃出来的。根据他的说法，火灾现场应该充斥着煤烟（黑色炭粉末）、火焰和一氧化碳。

“由于人在逃生时也需要不断呼吸，所以气管往往会被烧伤，也会出现一氧化碳中毒的症状。即便没到中毒的程度，他的鼻腔、口腔、气管黏膜处也应该附着有逃跑过程中吸入的黑色炭粉末。但根据医院的记录，住持被送至医院后，鼻毛未见烧焦，也未表现出呼吸困难的情况。反倒意识清醒，可以正常与人交流。

“根据我以往的经验，从火灾现场逃生的人，皮肤外表面、黏膜及咽喉处通常会被烧伤，也会出现吞咽障碍或气管烧伤，导致呼吸、发声异常。

“伤者往往会咳嗽、咳痰，甚至咳血痰，痰中附着有黑色炭粉末。一氧化碳中毒也会引起头痛、呕吐、意识模糊。但在本案中，住持并未出现上述情况，也未见治疗痕迹。”

最后的“本院判决”部分是这样写的，我只截取了和鉴定有关的部分。

《关于原告（住持）在火灾中受伤情况等的说明》

“关于原告的烧伤”

根据前述认定事实，原告在本案火灾中的烧伤分布在其右前额部，两上肢前面、外侧面，双手背面，两下肢前面。

原告辩称，如果是自己纵火，为了自保，会提前做好准备，行动时也会格外小心，这与实际情况不符，所以本案并非故意纵火。

但考虑到原告可能为了洗清嫌疑，故意穿梭于各建筑物后再逃离火场。这种情况也会导致上述烧伤，因而本院不采纳原告的主张。

《关于原告手心及背部未见烧伤，也未表现出一氧化碳中毒症状的说明》

根据前述认定事实，原告（住持）的手心、背部未见烧伤，鼻毛未被烧焦，无呼吸困难情况，未见气管灼伤、一氧化碳中毒症状。根据原告供述，他先是听到一声巨响，然后在热浪中醒来，此时室内充满火焰及浓烟。两者存在矛盾。

关于这一点，原告主张如下：

•原告手心与后背处未见烧伤之所以被认定不合理，是基于本次火灾是可燃物爆炸引起的火灾这一前提，但并没有证据显示本次火灾确实是可燃物爆炸引起的。

•原告鼻腔、口腔、气管黏膜上是否有黑色炭粉末，是否会出现气管烧伤及一氧化碳中毒症状，不能一概而论，应考虑到火势的情况及现场条件。此外，原告是否确实不存在上述症状，也缺乏明确证据。

•原告艰难从火场逃生，对火势大小、烟的浓度等问题可能存在记忆或认识偏差。

但如前所述，原告在描述逃生经历时，不论是案件发生后还是询问调查时，都坚持自己是在巨响和热浪中醒来的，室内充满火焰及浓烟。

若以此为前提，且不论火灾是否为可燃物爆炸引起的，至少在原告看来，火灾发生时建筑物中火势猛烈。

但在这样的大火中，原告的烧伤却仅出现在原告右前额部，两上肢前面、外侧面，双手背面，两下肢前面，未出现在手心及后背，鼻毛也未被烧焦。这一点又无法得到合理的解释。

因而本院不采纳原告的主张。

其他条目也是如此，法医一一驳回了原告（住持）的请求。

最后的结论如下：

“基于上述事实，无须再对其他事项进行判断，原告的请求均不合理。维持主文判决。”

主文判决我也在前面写过了。

“原告放弃所有诉讼请求。”

我读着 80 页厚的 A4 纸判决书，悬着的心终于落了下来。

给活人做鉴定着实倍感压力。

这又让我不禁感叹：

活人会说谎，但尸体决然不会。

自缢、中毒还是他勒

“上野医生，我正在为一份不知所云的鉴定发愁。”

“不知所云？”

“是的，完全摸不着头脑。”

面前的律师学着外国人的样子，摊开手、耸耸肩，正为手里的刑事案件发愁。仔细瞧他眉眼的部分，确实和日本人有些差别。

“这是法医学教授写的鉴定书。”

他将一份鉴定书递到我眼前，举手投足一副“真的不知道该怎么办了”的样子。他的动作颇为夸张，宛如歌舞伎[①]演员。

“警方委托了这位教授进行解剖，然后写了鉴定书？”

“是的。”

我一面听律师向我介绍案件的来龙去脉，一面随手翻着鉴定书。因为之后还要仔细阅读，现在只是看个大

① 日本典型的民族表演艺术，战国末期到江户初期开始流行，后与能剧、狂言一起保留至今。

概：解剖用时 2 小时 20 分钟，鉴定书的作者是……

“啊，这不是知名大学的教授嘛。”

我吃了一惊。

“是啊，所以我更不知道说什么好了。”

律师的脸上仿佛写着：您终于理解我为什么会叹气了。

“知名大学的教授写的鉴定书怎么会不知所云？”

“我最初也是这么想的，结果费了好大工夫去理解他想表达什么。但读了几十遍？不，几百遍吧，哎呀，记不清了，反正没读明白。所以我才会想，问题可能不是出在我身上……”

“这么难以理解吗……”

在日本想要成为律师绝非易事，他既然能干这一行，理解能力一定很强。可即便如此，仍对这份鉴定书束手无策……这次的案子看来很棘手啊，但话说回来，真的存在不知所云的鉴定书吗？

根据律师的介绍，事情的经过大致如下。

死者为女性，年龄大约在 60~65 岁，死亡时穿着睡衣，仰面倒在床下的地板上。

颈部可见索沟（绳印）。方向从左侧颈部上方至左下颚部下方。此外，下颚部中央至右斜上方、右下颚部中央至右颊部也可见索沟，消失于皮下。

颜面部无淤血及瘀点性出血，呈苍白色，眼睑结膜下瘀点呈点状出血状。

支气管黏膜发白，无血管充血。

舌尖位于齿列后方。

双手手心张开。

膀胱内尿液为40ml。

口唇黏膜剥离，呈糜烂状。

食道黏膜发白，呈易剥离状。

胃黏膜呈灰色，凝固。部分剥离，可见点状出血。

小肠黏膜至中央部附近发白，凝固。

毒物检验结果，胃内容物：二氯苯（+）、甲酚（+）；血液：三唑仑（+）、地西泮（+）；尿：未检测出二氯苯、甲酚、地西泮、三唑仑等物质的原形态，但检测出葡萄糖醛酸结合物（+）、1-羟甲基（+）、去甲西泮（+）等代谢物。

“我大概明白了。那么教授给出了怎样的鉴定结果？”

“请您从‘说明’这里往后看，这样比较省时间。”

“好的。”

我翻到问题说明的部分，开始阅读。这一部分就是关于尸体情况的介绍。

“关于颈部压迫”

教授在鉴定书中写道：

“结膜与颞肌[①]处多见瘀点，可推测死者生前曾受到颈部压迫。颈部外表虽无压迫痕迹，但肌肉内部有出血，可作为参考特征。”

参考一栏写着“颈部皮下未见出血”。也就是说，虽然皮下未出血，但更深层的肌肉出血了。

“关于颈部压迫与死亡的关系”

基于上述内容，教授又写道：

“以上情况说明，死者生前曾受到一定强度（能使颈部出现瘀点）的压迫且持续了一定时间（约一分钟）。可以推测死者曾出现窒息。窒息或许导致其最终身亡，但无法给出明确结论。因为尸体特征只能说明死者生前曾遭到颈部压迫（存在生活反应），而不能证明其死于窒息。不过，若死者不存在其他可能致死的内因性、外因

---

① 位于颞窝部的皮下，为扇形阔肌，覆盖在头侧面耳的前、上和后方。

性异常，则可认为其死于窒息。”

确实不太好理解。

“关于中毒程度”

“从尸体的情况来看，死者生前或曾服用有毒物质，导致其最终死亡。但由于未对其心脏血液及尿液进行定量的毒物检测，所以无法推断其中毒程度。此外，根据解剖结果，虽然肉眼可见尸体的舌、食道、胃、小肠处存在凝固性坏死，但肝脏、肾脏等脏器未见特别异常。从组织病理学的角度来说，也只是从胃中发现了相当于凝固性坏死的组织。由于未从各脏器内检测出可证明有毒物质存在的成分，所以无法推断死者生前的中毒程度。”

在我看来，这位教授讲了半天的道理，就是为了不被人挑毛病，本质其实就是一句话——“我不知道”。

“关于死因”

这一部分的表述也和刚才的差不多，是这样写的：

“可以确定的是，死者生前曾因颈部压迫出现窒息，且存在中毒迹象。但无法断定二者对其死亡的影响程度。”

我逐渐理解律师为什么会说“不知所云”了，读到这里的诸位读者恐怕也有类似的感受吧？

“关于服毒后至死亡的时间”

“检验结果显示：死者血液中未检测出有毒物质的原形态，尿液中检测出有毒物质的代谢物。虽然死者的血液中未检测出有毒物质的代谢物，但不能排除其存在的可能。就‘血液中原形态的甲酚全部代谢掉需要花费多长时间’这一问题，有研究证明，‘(甲酚)结合、排泄的速度很快。24 小时即可 90% 排入尿中。在血液中的生物半衰期约为 1 小时’。但由于代谢时间会受到服毒量的影响，所以无法给出准确推断。不过可以指出的是，有毒物质从被肠胃吸收，到代谢后（血液中原形态消失）排入尿中，大约需要 10 分钟。此外，由于本案中有毒物质只到达小肠中央附近，可推测死亡时间最多不超过 12 小时。”

结论部分是这样写的：

死因　死者生前曾因颈部压迫出现窒息，且存在中毒迹象，但无法确定二者对其死亡的影响程度（是否致死等），只能推断死者是在受到两者不同程度的影响后死亡的。

因此，死因存在以下三种可能：

中毒及颈部压迫导致的窒息

中毒的影响程度更高，颈部压迫导致的窒息带来了负面影响（加速死亡）

颈部压迫导致的窒息影响程度更高，中毒带来了负面影响（加速死亡）

从内因死、外因死的类别来看，可推断死者为外因死。

从解剖结果来看，可推测死者曾出现窒息，但无法判断其是自杀、他杀还是意外事故。而关于中毒这一点，虽无法从解剖结果推断其死于自杀还是意外，但可以指出，他杀及事故的可能性较低。

我读完教授的鉴定书，抬起头。坐在面前的律师一副急不可耐的样子。

“您明白我为什么会说‘不知所云’了吧？”

“是啊。”

我绞尽脑汁，只能想出这一句话。

“这写得确实很过分。”

“对吧。完全不知道他想表达什么。”

“不过不想担责任这一点倒是写得清清楚楚。”

“是啊。不过话说回来，大学教授也是公务员吧。人家有人家的难处，不是不能理解……对了，法医也是公务员吧？”

“是的。”

“可就算有难处，也不能这样写吧。”

“是啊。行了，这次的委托我接受了。”

“那就太麻烦您了！真这样结案了，就太对不起死者了。”

律师在玄关处换好鞋，忽然想起什么似的问我：

“上野医生，您说人的死因会不止一种吗？”

“应该不会。”

“是吧，我也觉得。”

等律师离开后，我心中愤愤，开始着手接下来的工作。

若真将这种鉴定书交上去，恐怕会有损法医这个职业的尊严。为了法医的名誉，我也要仔细调查，重新鉴定。

律师交给我的鉴定资料如下：

1. 起诉书

2. 现场勘查笔录

3. 检视调查书[1]

4. 鉴定书（大学教授提交的）

---

① 记录有目击者信息、案发地信息、尸体外部情况、是否为犯罪引起的死亡等内容的调查报告。

5. 搜查报告书

6. 鉴定书（科学搜查研究所[1]提供的毒物检测报告）

7. 大学教授的问询笔录

8. 证据照片 62 张

我先写出了我的推导过程。

死者被发现时仰面倒在床下的地板上。颈部可见索沟，整体不鲜明。其中相对清晰的是从左侧颈部上方至左下颚部下方的索沟。下颚部中央至右斜上方、右下颚部中央至右颊部也可见索沟，消失于皮下。

这种情况属于非典型缢颈，即死者未将全部身体重量施加给绳索。倘若死者被发现时处于缢死状态，则不能排除窒息死的可能。但在本案中，死者被发现时躺在地板上，并非缢颈状态。所以可以认为直接死因并非缢死。

那么，又是否存在勒死的可能？

通常情况下，勒死产生的索沟会如领带一般水平环绕颈部一周。但在本案中，尸体颈部的索沟是倾斜的，所以可以推断其并非被勒死的。

不过，如果使用的绳索宽且柔软，也会令死者窒息

① 隶属警视厅、道府县警察本部刑事部门的附属机构，主要进行法医学（生物科学）、心理学、物理、化学等方面的研究。

且不留下索沟。但值得注意的是，在本案中，死者颜面部无淤血及瘀点性出血，眼睑结膜下的瘀点呈点状出血状。

这是因为当绳索压迫颈部时，离开心脏的动脉血管（负责将血液输送至颈部、颜面部，位置较深）未受到绳索压迫，而返回心脏的静脉血管（位置较浅）受到压迫，颈部、颜面部的血液流通受阻，才会出现淤血。这和人憋气时脸会变红、出现淤血是一个道理。

这种情况也会引起眼睑结膜下的瘀点或点状出血，一段时间后，瘀点同样会出现在脸上。但如果提前解除颈部压迫，脸上的瘀点也可能消失。这样一来就不会致人死亡，脸上的淤血也会在一定时间后消退，恢复常态。

此外，如果死者是因为被绳索缠绕颈部，导致呼吸困难、血液循环障碍，最终窒息身亡的话，那么她的支气管黏膜的血管应该有明显充血。但在本案中，死者支气管黏膜发白，无血管充血。所以可以推测，死者并非死于颈部压迫引起的窒息。

而且，当人在颈部受到压迫时，由于舌根也受到压迫，大多时候舌尖会突出于齿列前方，这也与本案的尸体特征不符。此外，人在窒息时会经历“无呼吸—痉挛—最终死亡”这一过程，痉挛状态下，人通常会握紧拳头。而在本案中，死者双手手心张开，也可以认为她并非死于这种类型的窒息。

另外，窒息死亡会导致大脑麻痹、膀胱括约肌松弛，如果死者膀胱内存有尿液，往往会出现小便失禁的情况。尤其是女性，尿道较男性宽、短，死后膀胱通常会排空。但本案尸体膀胱内有 40ml 尿，也说明其并非死于急性窒息。

综上所述，可以认为死者并非死于颈部压迫导致的急性窒息。

本案中，死者口唇糜烂，食道、胃、小肠等黏膜发白，出现凝固性坏死，这些特征可以说明其可能服用了甲酚等有毒物质。黏膜腐蚀为甲酚中毒者的典型特征。毒物检测也检测出了甲酚等物质。从时间上看，有毒物质经口进入死者体内，造成消化器官黏膜凝固性坏死，最终到达小肠中央部附近，大约需要 10 小时左右。

从法医学的角度，综合考虑时间及消化器官黏膜凝固性坏死等情况，可以推测死者死于药物中毒。

我对大学教授的鉴定书做了二次鉴定，结论部分如下：

1. 死者颈部索沟不鲜明，根据可见索沟范围，很难认为这种痕迹是缢死或勒死造成的。

2. 虽然并非所有颈部压迫都会留下索沟，但由于本案尸体颈部未出现急性窒息死的典型特征，所以也可以排除这种可能。

3. 此外，本案死者颜面部未见淤血及瘀点性出血，支气管黏膜未见充血，舌尖位于齿列后方，膀胱内有40ml 尿液，双手手心张开未握拳。上述情况均不符合急性窒息死的特征。

4. 死者口腔、食道、胃、小肠中央部的黏膜出现凝固性坏死，可认为是甲酚等有毒物质引起的，化学检查也检测出了这些成分。

5. 基于上述事实，尸体上急性窒息死亡的特征并不明显，而中毒死亡特征明确。综合考虑时间等因素，可以推断女子很可能死于中毒。

我用了比平时多一倍的时间写完这份二次鉴定书，顺利交给律师，这才终于放下心来。肩上的重担总算是卸下来了。

为了挽回父亲的名誉

真没想到，时隔25年，我能再次见到他。

“啊，T先生。”

我看着电视里男人的身影，一时语塞。

正如这四分之一个世纪带给我的一样，我在他身上也看到了岁月的痕迹。我望着电视里正接受采访的男人，心中无限感慨。

“这是我父亲留下来的日记。”

或许是受到病情的影响，电视里的T先生颤抖着手，依然竭力解释着事情的原委。看着这样的他，我不由回想起他壮年时的模样。

“上野医生，恳请您为我父亲做二次鉴定。”

那正是25年前，这个男人来到我家，说完这句话便深深低下头。当年的他和如今电视里的一样，目光里透着果决和坚定。

T先生是一名律师。但他这次找我并非有什么案件要委托我，而是作为一名死者家属，希望我能为他死去的父亲做二次鉴定。

等他介绍完事情的经过，T 先生再次郑重表示：

“无论如何，我要挽回父亲的名誉。”

我看着他的眼睛，觉得眼前的男人与其说是一名律师，更像一个失去了敬爱的父亲的孩子。

电视里播放着长达 3 个小时的特别节目。

这是一档悬疑向情景再现节目，以发生在日本的真实案件为原型。3 名专家负责解谜，我作为“尸体鉴定人”，负责的就是 T 先生父亲身亡一案。所以我和 T 先生与其说是“再会”，不如说是隔着画面相见。

“上野医生，您还记得 T 律师的案子吗？”

“当然记得。”

“我们想将这个案子拍出来。”

大概一个月前，电视台的负责人找我商量案件主题，我们最终决定将 T 先生父亲一案拍出来——老人在住院期间从病房的四楼摔下来，不幸身亡。

“我们想拜访一下 T 律师，和他讨论一下节目的事，不知您是否还留有他的联系方式？”

“留是留了，但都25年过去了，名片上的电话能不能打通，就不好说了。”

我说着从书柜上取下装有资料的文件夹。

退休以后，我每接一个案子，就会将相关资料整理好，放入文件夹保存。每个文件夹都有编号，编号旁还标记着案件的标题与大致内容，查找起来十分方便。

我按照年代顺序将它们摆好，算起来已有300余份。这次的是第91号——真的是很早之前的案子了。

文件夹里装着二次鉴定的记录、相关资料以及新闻报道等。T先生的名片也在其中，贴在台纸[1]上。

“这起案子我印象很深。一来当地媒体曾大篇幅报道过，甚至分成五期做了特辑。二来我也接受了当地报社记者的采访。最关键的是，案子的死者家属恰巧是律师。”

“不好意思，我拍一下名片。”

负责人拿出手机，对着名片拍了照。

连笔都不用了啊，时代真是变了，越来越方便了。

“你们联系他的时候，可以说是我介绍你们去的。”

“那真是太感谢了。我们先去联系他，如果T律师同

① 衬托照片、图画等的硬板纸、硬纸。

意了，我再来和您商量具体事宜。”

“好的，那就静候佳音。”

两天后，我接到节目组负责人的电话。

“T 律师回话了，说同意录制节目。”

“那真是太好了。”

“他的原话是，‘我觉得这个案子非常有社会意义，如果有什么地方需要我，我会尽可能配合。上野医生之前帮了我很大的忙，也希望节目组能替我转达感谢’。”

录制是分开进行的，我们两个始终没碰面。大概一个月后，节目正式播出。

当年我从 T 先生口中听到的案件经过大致如下。

五年前（距今 30 年前）的 8 月末。某日清晨，某市某医院门前的路上仰面躺着一个男人，双腿交叠，被发现时已然没了呼吸。

那就是 T 先生的父亲。当时 T 先生在东京上班，不久接到电话，是住在老家的弟弟打来的。

“哥……爸刚才走了。”

“什、什么?！”

“好像是从病房的窗户摔下去的。”

“摔下去的？”

“有什么消息我再联系你，总之你早点回来。”

去世的老先生是世界知名的吉他制作人，曾凭借过人的手艺，被当时的劳动大臣[①]选为“现代名匠”，全世界都有粉丝。

8月上旬时，老人觉得腿脚不便，住进了当地的一家医院。后来因为下半身麻痹的情况始终没有好转，就一直没出院。

病房位于医院四楼，是六人间。老人的床紧挨窗户，床沿和窗台挨得很近。案件发生的前一晚，残暑未尽，热得人睡不着。病房没开空调，窗户大开着。

老人就是从10米高的窗口摔下去的。

包括T先生在内的家属们得知老人去世的消息后，第一反应都是意外事故，他们怀疑是院方管理不当。但院方随即表示“老人好像最近心情一直不好”，这让家属们十分意外。此外，负责勘验现场的警察也问他们，是否发现过类似遗书的东西。

家属第二天再去医院时，心中的不安愈发强烈，因为他们觉得就在案件发生后不久，病房里贴窗户放的床

① 日本内阁中掌管厚生劳动省的国务大臣。厚生劳动省主要负责医疗卫生和社会保障等工作。

被人挪开了。如今床和窗户相距 40~50 厘米，高度也降了一些。

——医院是不是想逃避责任？

没过多久，家属们等来了最不愿接受的结果——由于没有找到遗书，法院以老人死亡时的状况及下半身麻痹的情况为依据，认为老人是自杀的。

"上野医生，我怎么想都觉得奇怪。"

介绍完事情的始末，T 先生愤愤地说。

"床就放在窗户边，离得特别近。那天晚上窗户大开，我父亲很可能就是一不小心摔下去的，他绝对不可能自杀。"

T 先生之所以会这么说，是因为他十分清楚吉他制造对老人而言是何等重要。

战争结束前，T 先生的父亲一直在澳洲过着俘虏生活。当地的士兵觉得他手巧，就对他说"你可以试着制作吉他"。就是这句话决定了他的后半生。

身在异国他乡的年轻人被吉他悦耳的音色吸引，回国后依然将全部热情投入到这项工作中去。他开了工作室，逐渐扩大生产规模，甚至雇了 40 名员工，每个月能生产 250 把吉他。

T 先生高中时经常在吉他声中醒来，客厅里也总能见到身边放了吉他的父亲的身影。即便老人后来生病了，这份热情也没有丝毫减退。他的家人们对此再清楚不过了。

“这是父亲写的日记。”

T 先生拿出一个小笔记本，放到我面前。上面的字迹端端正正，记录着琐碎日常。

“他基本每天都会写，您可以看一下 8 月 19 日的这一部分。”

日记这样写道：

“和亲朋好友聊天让人感到快乐。这种力量是什么呢？”

8 月 20 日的日记写道：

“护士帮我把病床周围打扫干净了。很开心。”

“这是 8 月 24 日的，也就是家父去世前一周。”

“昨天夜里饿了，吃了一串香蕉。这是身体要恢复了吧。得拿出点干劲。躺的时间太久了脑子都不会转了，这样不好。要多注意。”

我不禁继续往后翻。

“兄弟两个关系不错。昨天大便也很顺利，心情好。”

“一切都在向好的方向发展。别太勉强自己。也不能情绪过于激动。”

一页页看下来，不论哪天，文字都充满活力、积极向上。这样的人怎么可能自杀？T先生的想法确实可以理解。

去世前一天，老人留下这样一行字：

“要开朗起来。尽可能笑。声音洪亮。”

我也很难想象这样的人会自杀。

“我们在法庭上争论的问题其实只有一个，就是家父究竟是死于事故还是自杀。”

“你是想让我证明老人家不是自杀……”

“是的。”

T先生拿出起诉状，上面写着这样一句话：

“没有确凿证据就草草断定一个人是自杀，这是对其名誉的严重损害。”

看到这行字，我心中无比震撼——因为这也正是我从事法医工作以来一直坚持的信念。我内心生出一个强烈的念头：我要替老人讨回公道。

“这样吧，你先把资料留下。”

T先生将全部资料放到我面前。

“这次的委托我接受了，这些资料我一定仔细阅读。”

“真是太感谢了！”

T 先生再次向我鞠躬，然后离开了。通常情况下，我不会草草接受委托，因为我不知道鉴定结果是否能让委托人满意。

但这次不同。

我之所以这么早就决定接这个案子，是因为很久之前我曾发表过一篇论文，其中一部分正好涉及这方面内容。论文的题目叫《老年人的自杀》，发表在《日大医学杂志》[①] 第 40 卷第 10 期上，研究的就是 994 起 60 岁以上老年人的自杀。

老年人自杀前通常会苦恼很长一段时间，犹豫再三才最终决定结束自己的生命。这期间，他们往往会向周围人寻求帮助，比如发出信号或暗示，希望得到其他人的劝阻。

老年人几乎不会毫无征兆地自杀，如果仔细观察，就一定能找到蛛丝马迹。

但在本案中，老人的日记里完全没有此类信息。家人、朋友、医护人员也没发现他有自杀倾向。倘若周围有人发现老人情绪异常、有自杀倾向，我想他们也应该会想方设法阻止。

---

①《日大医学杂志》，英文名称：Jounal of Nihon University Medical Association，创刊于 1937 年。

T 先生还说过，曾经有病友问老人："您是制作吉他的啊？"

老人回答："是啊，这就是老头子活下去的意义，以后也要继续努力。"

老人虽然下半身麻痹，但始终期望能早日出院。

结合这些内容，我认为他不是自杀。

T 先生离开后，我开始阅读他留下的资料。

虽然直觉告诉我老人并非自杀，但想要推翻现有的结论又谈何容易。

我反复斟酌案件，一连好几晚都在思考他是怎么摔下去的。

正如我此前多次说过，如果一个人失足坠亡，那么尸体上一定清晰记录了他摔下去的整个过程。

——我是这样摔下去的。

死者的声音是如此清晰。

首先，从尸体腿部没有受伤这一点可以推断出，老人落地时身体几乎与地面保持水平。他左手指尖挫伤、左侧锁骨骨折、左侧骨盆骨折则可以说明他是左手先着地，然后左侧身体与地面发生强烈撞击。

之后他的身体向右翻转，导致右侧肩膀、右侧胸部、右侧腹部皮下出血，右侧肋骨骨折，进而引起肺部损伤、胸部皮下气肿、内脏破裂。他的头部先撞上右手手臂，然后才撞上地面，所以尸体头部表面并无外伤，但颅骨骨折。

此外，我还注意到尸体倒下的位置。

死者倒在距离医院建筑物190厘米，也就是1.9米处。如果真如医院所说，老人是自杀的，那么下半身麻痹的他是如何到达那个位置的呢？

我能想到以下五种情况：

老人趴在病床上，借助手臂的力量爬到窗前，摔了下去。

老人睡着时翻转上半身，从窗口跌了下去。

老人将双腿搭在窗口，用手臂支撑起腰部。

老人坐在窗口，向前弯曲身体。

老人背朝外侧坐在窗前，向后仰倒。

但无论哪种情况，他都应该贴着墙壁落下，而非本案那样落在建筑物1.9米外。此外，尸体上也没有留下下落过程中与障碍物相撞造成的伤。

由此一来，自杀就更说不通了。

那么老人为什么会出现在那里？

——难道有什么横向的外力？

我做出如上假设，决定亲自去一趟案件发生的医院。

“不好意思打扰一下，想向您咨询一件事。”

“您好，是什么事呢？”

“我正在调查5年前发生在这间病房里的坠楼案。”

护士回答道：“那个案子呀，我听老护士们提起过，好像病人下半身麻痹很严重。”

“那他当时一定行动不便，一个人去洗手间都很困难吧。”

“这倒不至于，下半身麻痹的病人也是可以自己去洗手间的。”

这又是怎么一回事？我继续问护士。

“他一个人怎么去呢？”

“躺在那张床上的病人就是脚受伤了，但是您看到床沿上系着的绳子了吗？他可以抓着绳子自己坐起来。”

“5年前去世的老人也是用这个方法？”

“我听说是这样的。”

就在那时，我忽然灵光一闪。

T先生的父亲在床脚绑了绳子，一直借助绳子的力量起身。可如果他抓着绳子的右手或者支撑身体的左手突然打滑，又或者他用左手撑着身体去开窗关窗，结果手一滑……

床沿距窗台不过十几厘米。

那么他就很有可能因为惯性从窗口飞出去。

如果是这样，就可以解释得通为什么他会水平落地了。他用左手护着身体，左手指尖的伤是防御伤。我从未在跳楼自杀者的尸体上见过这种伤口。

因为有始料未及的加速度，老人从床沿跌落窗外时会下意识做出防御姿势，直到狠狠摔到地面上。这样一想，就合理得多了。

亲自跑一趟真是太有必要了。

我再一次切身体会到，调查案发现场是法医工作的第一步。

我再一次见到T先生时，他的脸上满是愁容。

“让您久等了，这是我写好的二次鉴定书。”

“真的太感谢您了。”

T先生接过鉴定书开始阅读。这期间他一言不发，直到全部读完，才抬起头。

“上野医生，您的意思是，我父亲他……”

“并非自杀，而是意外事故。”

我指着鉴定书，向他解释。

“老人行动不便，您应该也注意到了吧，他起身时需要借助绳索。他去世前一晚，虽说是夏末，但天气炎热，加上房间里住了6个人，一定热得睡不着。那天晚上窗户应该大开着，为了让风能吹进来，窗帘恐怕也没拉上。”

“是的，没错。”

“老人从窗口摔下来是第二天清晨，那时太阳刚刚升起。”

T先生的神情有些茫然，大概没明白我为什么会说这些。

“老人醒来时，觉得阳光刺眼，想要拉过床脚的绳子坐起来，把窗帘拉上。这一点不难理解吧？”

“嗯。”

“但就在他拉窗帘时，不慎手滑，结果因为惯性从窗口摔了出去。”

根据尸体及现场情况，我最终得出如下结论。

T先生的父亲借助绳子起身后，背对窗口，微微侧着身子。他想去拉窗帘，所以向前弓身，但就在他抓着窗帘用力向后拽时，突然手滑。身体因为惯性横着向外飞去，但由于下半身麻痹，无法及时阻止上半身的动作，最终酿成悲剧。这就是为什么和自杀者相比，老人会落在距离建筑物较远的地方。此外，他落地时左手先着地，然后身体向右翻转，右侧身体狠狠撞击地面。

“他下意识伸出左手是为了保护自己，而想要自杀的人不会这样。”

“原来如此。”

或许是因为心情激动，T 先生的脸色有些红。

“上野医生，我父亲果然不是自杀！”

“没错，是意外事故。”

我在结论部分这样写道：

“综合考虑尸体及案发现场的情况，可得出如下结论。

“死者生前住在医院四楼的病房，案发时由于某种惯性的存在，从窗口跌落。落下时身体几乎保持水平，头部略低，左侧身体朝下，近俯卧状，双手护在脸前，落地时距离建筑物 1.9 米。

“正如被告（医院）方坚持的，如果床沿与窗台的高度相差较大，发生意外事故的可能性或许很低。但即使本案死者真是跳楼自杀，由于他下半身麻痹，落地时也应该落在建筑物附近，而非 1.9 米外。

“而正如原告（T 氏）方坚持的，如果床沿与窗台的高度相差较小，那么不论是自杀还是意外事故，都极有可能发生。考虑到死者落地时的位置并不符合跳楼自杀者的普遍特征，加之尸体上的防御伤很少在跳楼自杀者的尸体上出现，以及根据死者的日记及周围人的反应，死者生前不存在自杀意图等几方面因素，我认为本案死者并非自杀，而是死于意外事故。”

自杀还是事故……

医院方面坚持是自杀，家属方面坚持是事故，双方为此闹上法庭。

判决书里写着这样一句话：

“窗户与床的高度差仅为 18 厘米。”

基于上述依据，法院做出最终判决：

“由于死者生前下半身麻痹，如果真是自杀，落地时应与建筑物相距不远，但本案尸体距离建筑物 1.9 米，二者存在矛盾。此外，死者生前的日记、行为举止均未显示其有自杀意图，从尸体的情况也可以推测出死者应该是在做某种动作时失去平衡，最终从窗口坠落的。”

法官几乎认同了我的全部观点。

这场官司我们打赢了。

T 先生在判决后接受采访时说：

“虽然他们毫无依据就说我父亲是自杀，但好在最终挽回了老人的名誉，对此我表示十分感谢。”

距离老先生故去，其实已经过了 5 年半还多。

我还记得 T 先生和我说的最后一句话。

“正义不会缺席。这回的案子能水落石出，我真的太高兴了。上野医生，真的非常感谢您。”

第三章

鉴定对决

一波三折的“反驳”

我做过许多二次鉴定，其中相对容易辨别的是从高处坠落的尸体。因为只要结合法医学知识和我自己多年的经验，仔细研究尸体特征，就基本可以还原案发过程。

“你是怎么死的？”

当然，其中不乏一些不论我如何追问，都不愿告诉我真相的尸体。只是这次的情况有些特殊——因为本案的死者正是从建筑物楼顶跳下去的。

“我并非死于事故，而是自己跳下去的。证据就是股骨颈骨折。”

死者的表述很明确，我也如实将这个情况告诉了女律师。

“您的意思是，死者右腿股骨颈骨折这一点就足以证明他是跳楼自杀的？”

“是的，死者是这么说的。”

面对我毫不犹豫的回答，女律师沉默了一阵子。她的意识仿佛已经飞到几个月后才开庭的法庭现场——她正在思考如何打赢这场官司。

这次来找我做二次鉴定的女律师并非之前（本书第三个案子）那位。两位都是那个时代为数不多的女律师，都非常优秀，只是性格截然不同。

上一位律师会时不时开玩笑。真要说起来的话，相对感性一些。面前的这位更理性一些，好像不论发生什么都能沉着应对——即便眼前着火了，她也不会大喊“糟了，快来人啊”，而是冷静思考如何快速救出困在火场中的人并采取行动。

在我看来，两个人的性格差异就是如此之大。

女律师此次委托我的案子是这样的。

一名男子背对建筑物倒在柏油马路上，他左侧身体被压在下面，距离建筑物约 70 厘米。建筑物有三层高（15 米），楼顶装有高 25 厘米、宽 15 厘米的挡板。

简而言之，就是一个男人从 15 米高的楼顶掉下来摔死了。

女律师的问题是：“他是死于意外事故？还是自杀？能否从尸体上看出什么端倪？”

三周前，我从女律师手中拿过资料，仔细研究后，认为男子是“跳楼自杀”，其证据就是尸体右腿的“股骨颈骨折”。

为什么股骨颈骨折是本案的关键？

因为只有当人的大腿受到上下两个方向强度相当的冲击力时才会引起这种骨折。也就是说，男子落地时基本与地面保持垂直，右下肢在体重与地面的双重作用下骨折了。这就是“股骨颈骨折”。

“此外还有其他可能吗？”

女律师听了我的解释，冷静地反问。她考虑问题很全面，大概是想做好万全准备，以应对对方律师的刁难。毕竟本案的争论点就是男子究竟是跳楼自杀还是意外事故。

“人的股骨颈在这里。”

我指着人体解剖图，向她解释道：

“从解剖学上说，除了骨质疏松的情况，这个部位出现骨折，多是因为受到了上下垂直方向的力。”

女律师看着解剖图，似乎明白了我的话。

她的接受能力很强，听说是学法律出身，但应该也具备了一定的理科知识。

“死者除了股骨颈骨折外，还有其他多处骨折。通过这些骨折，我们基本可以推断他坠亡的过程：从如何落地，到中途如何变换姿势，再到为何会最终躺在那里。”

女律师沉默着听我向她依次介绍尸体上的各处骨折。她的思绪仿佛又回到案发现场，将我的解释与尸体的伤口一一对应起来。

这部分内容稍微有些繁琐，请诸位读者耐心看下去。

死者从屋顶摔下来时，下肢、身体中心部分（躯干）、头部基本与地面保持垂直。他之所以只有右腿股骨颈骨折，大概是因为虽然身体整体与地面垂直，但右腿相较左腿先与地面接触，这也导致了他右侧骨盆（髋臼）骨折。

接着，他的左腿与地面接触，因为比右腿晚一些，所以身体失去平衡。他的双膝关节向前屈折，同时身体向左前方翻转。左外侧身体撞击地面，导致左髂骨骨折、左耻骨骨折。

紧接着，他左侧胸部撞击地面，导致左胸多发性肋骨骨折。骨折端或刺入肺部，又引起了双侧气胸。

之后他左侧头部撞击地面，导致左颅骨凹陷性骨折、脑挫伤、左耳出血。由于他在左外侧身体与地面接触前，曾用左手手心撑地，所以身体稍微向左前方翻转，又导致他左手关节骨折。

再之后他左上肢肘关节屈折，左肘外侧撞击地面，导致左肘外侧、左前腕背侧部挫伤及左肘关节骨折。外力同时还作用于他的左锁骨，导致左锁骨中央部骨折。这时，他的右肘也与地面发生猛烈撞击，又导致了右桡骨头部骨折。

诸位读者看不到解剖图，理解起来可能有些困难。我写了这么多，其实就是想说，如果一个人是从高处摔下来的，那么只要仔细观察尸体，就能反推出他坠落的过程和骨折出现的原因。希望大家能明白这一点。

“他就是这么摔下来的。”

“也就是说，我们可以从尸体骨折的情况还原死者坠楼的经过。”

如果是上一位女律师，听了我的话，恐怕会惊呼“哇，真神奇，太厉害了”，但面前这位自始至终都很冷静。从这个细节也能看出两位性格截然不同，真是非常有意思。

“那他摔下来前又发生了什么，也能从尸体上推断出来吗？”

“可以。我来解释一下吧。”

我用更加简单易懂的话将写在鉴定书里的内容重新梳理了一遍，不知不觉间，好像自己也参与到了这场法庭争论之中。

死者来到楼顶，背对建筑物站好，接着踩上高约25厘米、宽约15厘米的挡板。他先是左脚发力，然后是右脚，就像跨过横在地面的水坑，保持直立的姿势从楼顶跳了下去。他在落地过程中始终头朝上脚朝下，落地时基本与地面垂直。

我没退休前，曾用人偶做过高空坠落实验。如果人从15米高的地方跳下来，下落时基本不会改变姿势。试验结果也证明了这一点。

当然，如果他中途撞上遮挡物或者电线、树木之类的障碍物，姿势或许会发生改变。但一来本案尸体上未见此类外伤，二来现场调查也没发现障碍物。所以我认为，本案的死者并未改变过姿势。

“您的意思是，死者是背对建筑物跳下去的，在空中并没有变换姿势，落地时腿先着地。他起跳时踩了挡板，所以最终才会倒在距离建筑物70厘米的地方。是这样吗？”

“是的。”

“那么我还有一个问题，”女律师将视线从资料上移开，抬起头，问道，“刚才您说的是死者主动跳下去的情况，假如他是从楼顶失足掉下来的，结果又怎么样呢？尸体上会出现其他特征吗？不好意思，我的提问很外行。”

她没有单方面听取我的意见，而是思考后提出了自己的假设。从这点也能看出她的细致认真，看来是真的不想输官司。

“如果男人是在楼顶散步时失足掉下去的，那么因为脚下有挡板，所以他应该上半身先向外跌去，头朝下脚朝上，倒栽下去，坠落过程中会不断挣扎。由此一来，他就应该面朝建筑物，背朝外，尸体的头部会粉碎性骨折，脸部也会严重变形。不论是尸体特征还是倒地姿势，都与本案有很大不同。”

我喝了一口茶润嗓子，继续说：“我们再假设他是后退着从楼顶掉下去的。和刚才的情况不同，他虽然也是头朝下脚朝上，但由于是后退着掉下去的，所以摔下来时应该是背朝建筑物，面朝外侧。这不难理解吧？”

女律师点点头，大概是听明白了。

“和第一种假设一样，由于死者都是头部朝下，所以尸体的主要特征是颅骨粉碎性骨折，这也和本案不同。我能想到失足坠亡的情况应该就只有这两种。

“因为尸体未出现颅骨粉碎性骨折，所以他不可能头部先着地。因为他右腿股骨颈骨折，所以可以说明他是先腿部着地，而且落地时几乎与地面垂直。我明白了，这一部分应该没有什么问题。我最后还有一个不太明白的地方。”

“请说。”

“假设他是失足从楼顶摔下来的，可不可能腿先着地？就像本案这样，落地时几乎与地面垂直。”

“在我看来是没有。或者你能想象出来吗？”

“我从刚才开始就一直在思考这个问题，确实想不出来。今天非常感谢您，我先回事务所了，回去好好整理一下思路，看看还有没有什么不合理的地方。如果没有的话，我就用您今天的这番话击败对手。”

她此时才露出一点微笑，大概总算觉得自己能赢。

“今天真的非常感谢您。我将您的意见书誊写好后，再找时间和您确认。”

她在玄关处换好鞋，摆放整齐后，从我家离开了。我看着她的背影，觉得自己就像一位老父亲，目送自信满满的女儿走上法庭。

正如我开篇写的，高空坠亡的尸体往往具有非常典型的特征，鉴定起来相对容易。本案就是一个例子，尸体特征可谓非常明显了。

至此，这个案子基本告一段落。

女律师后来没特意联系我。我又恢复了平日的生活：处理其他二次鉴定案、写书、当节目评论员……

事情过去大概两年后，有一天，我的电话突然响了。电话那头传来女律师的声音。

“上野医生，好久没联系了。不知您可还记得两年前的坠楼案？我当时找您写过二次鉴定书。还是这起案子，我想再找个时间和您聊聊。”

女律师又来找到我，还是一如既往地沉着冷静，只是不太精神。

“之前那起案子其实一审败诉了。今天我来也是想再向您请教几个问题。”

“败诉了？”

“事与愿违。这是判决书。”

她将厚厚一沓判决资料摆到我面前，很多地方都贴了粉色便签，大概是与我的鉴定有关的部分。

“一审时您的鉴定主要受到三点质疑，今天我也是想就这三个问题向您请教。”

我不由想起上次见面时她的样子。为了打败对手，她做了充分的准备。她没有单方面听取我的意见，而是深入思考后再作判断。态度甚至显得有些咄咄逼人——

一度让我觉得她是不是不太相信我的鉴定？

然而这样的她竟然败诉了。一定很不甘心吧，我看她说话的时候，也会不时撇起嘴角。

通常情况下，律师会将资料放下，留下一句“资料我放这儿了，请您过目，之后我再拜访”，然后离开。但面前的女律师没有这样，而是直奔主题——看来她已经把这些繁琐复杂的资料印在脑海中了。

“首先是第一个问题，在判决书的第13页。您之前说，死者从楼顶跳下来时，因为踩了挡板，向前跨了一步，所以才没有贴着建筑物摔下去。但一审时对方指出，本案的尸体距离建筑物很近，法院认为只有40厘米，这和他跳楼自杀存在矛盾。”

我先是震惊于她惊人的记忆力，不看资料也能记得这么清楚，几乎要脱口而出“你的记性真好啊”。

“上野医生，关于这一点，您是如何考虑的呢？”

“法官其实想说，如果死者真是自己跳下去的，那么尸体就应该出现在距离建筑物更远的地方，是吧？”

我就这个问题解释道：“我们假设他是因为某种原因，意外失足摔下去了。那么从位置关系上看，他的后脑不会直接撞上地面，而是先撞上墙壁或者其他障碍物，比如放在门口的箱子。这样一来，死者身上就应该有伤口，建筑物的墙上、障碍物上也会留下血液、皮肤和毛发。如果死者先撞上这些再弹向地面，他的脸上也应该有明显擦伤。但您也知道，本案的尸体身上并没有这样的伤。”

女律师点点头，似乎理解了我的话。

“这样说吧，现场与尸体就像印与章，是一一对应的。如果两者存在分歧，问题一定出在前者。因为现场的情况可能发生过改变，但尸体不会说谎。”

尸体落地后，即便如本案一样向左后方倒去，除非他的头没撞上建筑物的外墙，否则伤口就无法得到合理的解释。按照这个思路，尸体被发现时就不可能只距离建筑物 40 厘米，而应该是 70 厘米左右。反过来，我们根据尸体身上的伤，将他的动作回放一遍，就能发现他离开屋顶时，必须有一个轻微的跳跃动作。

“其次是第二个问题，对方指出，死者在下落过程中，可能撞上过遮阳板之类的障碍物，姿势也随之发生大幅改变，但您的鉴定并未谈及这一点。您又是如何考虑的呢？”

“这很简单，如果真如对方所说，死者撞上了遮阳板，姿势发生过大幅改变，那么尸体上被撞出来的伤在哪里？受到如此强的冲击力，怎么可能不留下伤口。你也可以这么反问他。”

我一边说着，一边观察她的表情。女律师还是那副样子，神情几乎没什么变化。

“至于尸体上的这些伤是如何形成的，我已经作出了详细的论述，也明确表示过并不存在所谓的外力。我当了五十多年的法医，依我所见，本案的尸体上根本不存在障碍物撞出来的伤。伤口都是垂直地面撞出来的，我也都一一解释过了。”

女律师难得微笑起来，表情仿佛在说“是啊，是这样啊，大家为什么就是不理解呢”，不，或者是说“没办法，对方律师也是在工作啊”。

“耽误您这么久真是不好意思。最后一个问题，对方指出，您的鉴定一直以‘死者保持原始姿势下落’为前提，而未考虑死者在空中挣扎、改变姿势的情况。这一点又该如何解释呢？”

“确实，如果人失足从楼顶摔下去，失去平衡后会下意识调整身体、不断挣扎，下落过程中也可能改变姿势，比如头先栽下去什么的；或者平躺着摔下去，但由于头部比较重，最终还是头先着地。只是不论哪种情况，除非像本案死者这样垂直下落，否则尸体上都不会出现股骨颈骨折。”

跳水运动员会有意识地弯曲、旋转身体，以保证在短时间内改变入水姿势。如果换作普通人从 15 米高的地方跳下去，除非刻意做出调整，否则起跳时是什么姿势，落地时就会是什么姿势，前后方向也不会发生改变。

“那么股骨颈骨折通常在什么情况下出现呢？比如高楼失火，人从窗口跳下来，可以想象吧。除此之外……”

“就是本案这样，跳楼自杀的情况。”

“没错。”

正如我反复强调的，失足坠亡的尸体与跳楼自杀的尸体差别很大。在我这个老法医眼里，就像足球和棒球的区别。这一点不会错，也不可能出错。

“如果无视尸体上的伤，一味讨论死者或许撞上过遮阳板，或许发生过姿势变化，或者落地时其实只距离建筑物 40 厘米，别说做出合理解释，在我看来，根本就是凭空想象。”

“您说得没错。”

女律师爽快地答道，脸上的忧色一扫而空。

“这次应该没问题了吧？”

“嗯，我会尽力而为的。真的非常感谢您。”

女律师向我鞠了躬，离开了。

话说回来，我为什么要强调“这次应该没问题了吧”？明明是再清楚不过的案子。我一时有些茫然，甚至觉得对方就是故意找茬。

之后又过去半年，女律师再次登门拜访。

这起案子最终闹到了最高法院，也就是说，此前的判决结果依然不如人意。

女律师这回希望我能写一份“反驳意见书”。意见书我确实写过不少，但如此直白反驳别人的倒还是第一次。最后，我想将意见书的主要内容放上来。

先是对方对我的一系列反驳。

“死者落地后，先是右腿撞上地面，角度近乎垂直，接着左腿垂直撞击地面，这一点应该无误。但依照上野的说法，死者落地后，身体左外侧、左胸依次撞击地面。然而从结果来看，尸体被发现时是微微向左后方横倒的。此二者存在矛盾。

“此外，死者左髂骨骨折、左耻骨骨折，说明他受到了一定强度的冲击力。他左胸多发性肋骨骨折也能证明这一点。但如果是这种程度的冲击力，尸体被发现时却只是微微向左后方横倒，这也说不通。

“而且，按照上野的说法，又该如何解释尸体左手受伤后左锁骨中央部的骨折以及左侧胸口猛烈撞击地面这两点？

“再者，当死者的双膝与地面接触时，按照常理，他应该向前扑去，而非本案中横倒的姿势，这一点也值得怀疑。”

简而言之，对方就是觉得死者这样摔下来是“说不通”“值得怀疑”的。

他根本没有考虑到整个过程用时极短。

人从高处跳下来时，施加在人体的外力或许因为下落高度、本人体重产生的加速度、地表硬度、落地时的姿势等不同而有所差异，但总体来说，这个外力是相当强的，人会一瞬间撞上地面，然后在外力的作用下出现不同的外伤。

在分析此类坠落案件时，需要仔细观察尸体上的伤口，认真分析每处伤口是在哪种外力的作用下形成的，是因为什么机制形成的。

尸体上的伤口不可能凭空出现，全都是外力引起的。换言之，只要仔细研究尸体，就能反推出伤口形成的原因，进而还原事情发生的经过。

反过来，由于伤口的形成是一环扣一环的，所以只从中挑出一部分进行分析、批判，也是不合适的。这就和断章取义是一个道理。

“死者落地时双脚的位置关系和他在楼顶时的位置关系之间并不存在太多联系。”

如果有人还在坚持上述主张，那么读到这里的诸位读者，应该能明白这种观点是多么荒唐了吧。

我甚至怀疑，对方究竟有没有看懂我在写什么。

比如一张照片上，一名击球员站在击球员区，挥动球棒，球棒前恰好有一颗球。那么这张照片究竟拍的是全垒打[①]、外野[②]飞球还是挥棒落空？我们很难给出答案。同理，从尸体下落时的一个动作评判整个过程也是不对的。

反过来，如果知道照片拍的是进入左野的全垒打，那么就能反推出击球员的动作。

如果到了这个份上，还是对我的意见表示怀疑，那么与其说对方是在批判我的意见，不如说是在给自己的想象寻找法医学的合理解释：死者离开楼顶时是什么姿

① 指击球员将对方来球击出后（通常击出外野护栏），击球员依次跑过一、二、三垒并安全回到本垒的进攻方法。

② 本垒往一垒边线右方和本垒往三垒边线左方都是界外区，反之为界内区。外野即内野之外的界内区。

势，下落过程中撞上了什么，如何改变姿势，如何落地，为何会出现一身伤。

挑出别人意见里的一部分拿来点评，“这不合理”“这说不通”，这种人根本没必要和他争论。

其他的反驳点也很荒唐，我在此就不多浪费笔墨了，只挑出其中一条：

“上野在论述中反复强调‘股骨骨折是跳楼自杀者的典型特征’，但这种观点太绝对了，因为意外事故也可能造成股骨骨折。”

这真是给我戴高帽，因为我从没说过“股骨骨折”这个词。

我一直强调的是“股骨颈骨折”。在解剖学上，“股骨”和“股骨颈”差别很大。如果我指出这一点，恐怕又会被这样批评：

“什么嘛，‘股骨’和‘股骨颈’，不就差一个字吗？上野你太斤斤计较了。”

解剖学并非人人熟知的领域，大家恐怕一时不太明白这个反驳是多么离谱。这就好比你在说胃癌，解释了半天结果被人说：“大肠癌没有这些症状哦。”

“我说的是胃癌，不是大肠癌。”

“不就是字不太一样嘛，都是内脏，差不多啦。”

我面对的就是这种无视法医学知识、连门外汉都说不出来的“反驳”，实在是让人身心俱疲。

如果一个人决定跳楼自杀，那么他对接下来发生的一切早有心理预期，也就不会挣扎。

而如果是灾害事故或者失足坠楼，人在面对预料之外的突发变故时会惊愕不已，同时下意识做出抵抗，也就留下“挣扎”的痕迹。

两种情况从一开始就不一样，这种差异会影响坠落外伤，最终体现在尸体上。这是判断一切的前提。

此外，本案也并非自杀未遂。

人必须有足够的勇气，才会选择跳楼自杀。如果他在死前仍心怀眷恋，就不会直接从楼顶跳下去。在楼顶徘徊的才是自杀未遂。所以跳楼自杀者不会挣扎，这也是我多年验尸的经验。

留有遗书的跳楼自杀者的身上，是找不到挣扎痕迹的。

“反驳意见书”的结论部分，我这样写道：

“如果对方坚持认为死者在下落过程中曾撞上建筑物的遮阳板之类的障碍物，那么究竟是身体的哪一部分与遮阳板相撞？姿势又发生了怎样的变化？落地时是什么姿势？又是否受伤？如果对方无法作出法医学上的合理解释，则对方的观点不能作为反驳、批判的依据。

“此外，如果对方不能整体考虑尸体情况并作出合理说明，而是孤立地分析问题，那么我们谈论的内容不在同一层面上，对方的观点也不作为反驳依据。”

“这次一定能赢。”

我忍着疲惫，将“反驳意见书”交给女律师。

“上野医生，判决出来了。这些年真是太感谢您了。”

法官似乎总算明白了对方的质疑是多么荒唐。

这回的案子实在令人身心俱疲。

女律师再次向我鞠躬，表示感谢。不得不说，官司能打赢，多亏了她的执着与耐心。

法医鉴定在法庭上发挥的作用有限，因为有太多专业术语，解释起来相对困难。通过这次的案件，我也再次体会到，能用简明易懂的语言解释案情是多么有必要。

为温泉池尸体案作证

“上野医生，又来打扰您了。”

新人律师走进门，向我深深鞠躬。来的不是别人，正是我之前（本书第三个案件）打过交道的那位女律师。

“这是我带来的小点心，您尝尝？”

我招呼她去沙发上坐，女律师刚一坐下就拿出点心。

她之前也给我带过点心。我本以为她是随手在车站买的，因为她表现得很自然。但儿子后来和我说“这家店很有名，不排队是买不着的”，我才吃了一惊。

我不懂时下流行，想必这次的点心也是哪里的特产吧。

“谢谢。我儿子之前还说，上次的点心不好买的，让你费心了。”

“哪里哪里，能合您口味就再好不过了。”

那起案子过后，她已经负责过多个案件。如今的她少了当初的青涩，表现得更像一名合格的律师了。当然，还是一如既往地充满活力、性格开朗。

“这次又是什么案子？”

妻子不在家，我一边倒茶一边问。

“是一起发生在温泉水池里的案子。”

“哦？温泉啊。”

“嗯，您平时经常泡温泉吗？”

她说着从包里取出一沓厚厚的资料。包是黑色的，装得鼓鼓囊囊，不太像年轻女孩子们背的款式。

“哪里的温泉啊？”

女律师说的这处温泉我没去过，但知道名字，很有名。我一边和她闲聊，一边回忆着自己几十年前的新婚旅行。

那还是我刚工作的时候。我来东京都法医院后没多久就结婚了，新婚旅行是和妻子一起去温泉旅馆。和现在的年轻人们度蜜月不同，当年的新婚旅行很简单，也就两夜三天的短途旅行。

我们坐着火车，摇摇晃晃到了目的地。刚下车还没来得及喘几口气，旅馆的老板娘就急急忙忙将一封电报交到我手上。

“上野先生，有您的电报。”

电报上写着几个字：父，病危。速归。

——是岳父病危的通知。

妻子的父亲一直身体欠佳，如今病情突然加重。不得已，我们只能退了旅馆，立刻赶回东京。老人终究没挺过去，葬礼结束后，我又整日工作缠身，旅行也就一拖再拖。

女律师半开玩笑地说：“您啊，还是要多关心关心夫人。”

我也跟着笑道：“是啊。要是夫人不开心，我没准就得受罚喽。”

和她聊天确实很轻松。

“行了，等这次的案子结了，我就计划一下。那么今天的案子是……”

“哦，是这样的。这是全部资料。”

女律师的神色一下子严肃起来，她收起脸上的微笑，开始向我介绍案情的来龙去脉。

一名50多岁的男性客人趴在某温泉旅馆大浴场的浴池中，被深夜打扫卫生的工作人员发现了。

工作人员急忙将客人半拖上岸（大约到胸口的位置），叫了救护车。据工作人员称，这时客人嘴边并无泡沫。

没过多久，两名急救队员赶来，三人合力将男子拖上岸，让他仰面躺着。三人后来证实，此时客人嘴边、口腔内也无泡沫。

男子随后被抬上救护车，途中经医护人员多次人工呼吸、心脏按摩，但没有水从口鼻流出。

男子很快被送至医院，医生也对其进行了人工呼吸、心脏按摩，但还是晚了一步。医生随后宣布男子死亡，并证实当时也没有水从他口鼻流出。

这就是事情的大致经过。

女律师的问题是：趴浮在浴池中的男子究竟是溺死还是病死？

“前一位鉴定人是怎么说的？”

“他认为是溺死的。”

“溺死？”

“是的。您觉得呢？”

“我需要先看资料才能告诉你结论。不过听你刚才的叙述，我觉得病死的可能性更高。”

我这样答道，将资料收下。

通常情况下，我做一次二次鉴定需要将近一个月的时间，但这次只用了半个月——因为结果再明确不过了。

我将写好的材料交给女律师，她在电话中表示：“太感谢您了！有了这份材料，我心里就更有底了。”

然后半年过去，法院通知我出庭作证。

本案的争论点在于：男子究竟是溺死还是病死。

按照流程，法官先听取了上一位鉴定人的证词。大约一个小时左右，他的部分结束，轮到我了。我先念了一遍宣誓书，保证自己绝不说谎，然后在宣誓书上签了字。

负责提问的正是那名女律师。

“下面开始证人询问环节。首先是第一个问题，负责检验尸体的法医认为本案的死者是溺死的，原因在于死者口腔内存在细小的白色泡沫状液体。关于这一点，上野医生是怎么考虑的？”

“本案的第一目击者是温泉旅馆的工作人员，其次是接到电话赶来的两名急救队员。但三人均表示，他们并未看到死者嘴角、口腔内有泡沫。而法医却认为死者口腔内存在细小的白色泡沫状液体，并以此为依据，断定男子是‘溺死’的。为什么会存在这个差异？我是这样考虑的。

“溺死者的典型特征之一是口鼻中存在大量细小的白色泡沫状液体。

“人在溺水后，大量的水涌入肺部，挤压残存的空气，肺部失去作为浮标的功能，人也就逐渐沉入水中。这时，肺里的空气与水会随着呼吸不断搅动，产生泡沫状液体。但由于溺水的缘故，被挤压的泡沫无法膨胀变大，形状较小，乍一看就像脱脂棉或者慕斯。

“我们能在溺死者身上看到的就是这种细小的白色泡沫。

“但是，如果一个人是病死的，或者因为其他原因死亡，他在死前接受过心脏按摩或人工呼吸，同样也会口吐泡沫。只是与溺死时的泡沫不同，这些泡沫通常有大豆或核桃大小。事实上，由于很多医生没有亲眼见过两种泡沫，所以会想当然地认为，只要口鼻有泡沫，那么这个人就是溺死的。

“再举个极端点的例子。内因性蛛网膜下腔出血的病人肺部淤血、水肿非常严重，有时甚至会让人觉得他是不是溺水了。如果这时有急救队员或者医生对其进行长时间的心脏按摩、人工呼吸，那么空气进入肺部，与淤血、积水相混合，同样会产生白色泡沫状液体，最终从口鼻流出。本案的法医可能就是误将这种泡沫当成溺死时的泡沫了。

“想要判断一个人是否为溺死，口鼻处的细小白色泡沫状液体确实很重要，但与此同时，也要考虑这个人是否有其他疾病，比如蛛网膜下腔出血。不能将两种泡沫混为一谈。”

简而言之，不能简单地因为一个人嘴里有泡沫，就说他是溺死的。

法医学教材上确实写着“溺死者的口腔中存在细小的白色泡沫状液体”，但这么多年下来，我也见过不少口吐泡沫却并非溺死的尸体。

这就是书本知识与现场经验的差别。

“那么下一个问题。”

女律师转向我，继续问：

“本案的第一目击者，也就是旅馆的工作人员发现死者时，表示该男子是趴浮在浴池中的。从这一点又能推测出什么？”

“尸体之所以会浮在水面上，是因为他的肺部存有相当量的空气，并未失去作为浮标的功能。”

女律师又说：“之后急救队员和医生分别对其进行了人工呼吸、心脏按摩，也都分别表示‘没有吐水’‘没有水从口鼻流出’，这一点没错吧。”

“是这样的。所以我认为，男子并非典型的溺水身亡。”

女律师顿了顿，再次向我提问：“如果不是溺水身亡，那么您认为他的死因又是什么？”

她的这一举动无疑是在告诉在场的其他人，这里是本案的关键。

“综合考虑尸体的情况及几位目击者、医生的说法，我认为男子或许是进入浴池时突发某种疾病，比如蛛网膜下腔出血或者心肌梗死，然后跌入池中，最终漂浮在水面。”

“您在鉴定书里也谈到了这一点。”

“是的。依我看，男子的直接死因并非溺死，更像是某种疾病引发的猝死。”

“那么我再问一个问题。男子是死在温泉旅馆的大浴场里的。那么是否存在他醉酒后失足落水的可能？”

“如果一个人喝醉了失足落水，那么落水时肺部就会吸入大量的水，人也就逐渐沉入水底。这种尸体被发现时往往不会漂浮在水面。此外，这种情况也属于溺水，死者嘴角、口腔内同样会出现大量细小白色泡沫状液体。这两点都与本案情况不符。”

女律师满意地点头，看来截至目前没什么问题。

询问证人环节是从前一位法医开始的，所以对于女律师而言，她的工作就是根据对方的回答设置问题，再将对方的说法一一击破。

这项工作听上去或许很简单，但倘若最初的鉴定毫无破绽，想要将其推翻就很难了。

我在自己的鉴定书中也写了，本案的关键点有两个。

一是漂浮在浴池中的尸体是否为溺死。

正如我刚才对律师说的，男子并非“溺死”，而是“病死”。

第二是尸体上的几处擦伤。这些伤口又是怎么形成的？

关于这一点，我是这样考虑的，供大家参考。

尸检结果显示，男子身上共有6处压迫痕迹及擦伤，其中前额部2处、背部2处、臀部2处。不过报告写得并不详细，没有说明这些伤口是否存在生活反应（生前还是死后出现的），只是写着“死者摔倒时，额头及背部均有受伤”。

作为检验结果，这样的表述是不准确的。

我们不能因为尸体前后都有伤口，就认为是他摔倒时造成的。

通常情况下，如果一个人只是摔倒了，不可能额头和背部受伤。这其中一定有什么特殊原因。

我认真思考后，认为他可能经历了这样一个过程，简单解释如下。

男子先是坐到浴池边，将双脚放入池中，这时突然因为某种原因失去意识，向后倒去。他的左臀下部瞬间与浴池边缘摩擦，留下一处擦伤，随后身体向右侧倾斜，臀部顺势滑向池中，留下了另一处擦伤。

这时，男子的头部、右侧上半身尚且留在池外，滑入水中的下半身稍微向右前方偏移，逐渐下沉。背部上方的伤口就是这样形成的。

接下来，男子的头部、右侧上半身也滑向水池，浸在水中稍微向右倾斜的身体因为惯性缓慢沿顺时针方向旋转，最终趴着漂浮在水面。由于男子入水后还在缓慢旋转，所以被人发现时头部靠进浴池边缘。

通常来说，水中的尸体不会始终保持同一姿势、位置，水流湍急的情况比较好想象。除此之外，人在溺水后会吸入大量的水，数分钟无法呼吸，也会引起痉挛，姿势、位置也就随之改变。

但在本案中，由于死者突发疾病，并未经历窒息就死亡了，所以没有引起痉挛，入水后的姿势也没有发生变化。

不过这些都是我根据伤口推测出来的。

至于男子额头的伤口，一处我认为是工作人员第一次将其拖拽上岸时摩擦形成的，另一处是拖拽过程中额头撞上金属排水沟的盖子形成的。

至于死者后脑勺为什么没有外伤，依我看来，虽然男子失去意识向右后方倒去，但与此同时，他的臀部先滑向池中。这时，即便他的后脑勺可能撞上浴池的边缘，从结果来看，这个冲击力也是非常有限的。

“这又说明了什么？”女律师继续问。

“尸体后脑勺未见头皮肿胀或其他伤口，说明死者未出现颅骨骨折或脑挫伤。”

“这与尸体情况是否存在矛盾？”

“如果男子撞上浴池边缘时头部受到强烈冲击，那么他的上半身就应该留在岸上，而不是滑入池中。”

“我明白了。我来整理一下您刚才的话。”

女律师将我刚才的表述重新梳理了一遍。

“死者被发现时漂浮在浴池中，说明他的肺部没有进水，所以不是溺死的。”

“嗯，是的。”

“急救队员和医生后来分别对其进行了人工呼吸和心脏按摩，但都表示男子并未吐出水，也可以说明他的肺部没有进水。”

“是这样的。”

“在最初的鉴定中，法医之所以会认为男子是溺死，是因为看到了死者口腔中的细小白色泡沫状液体。但如果男子突发疾病，比如蛛网膜下腔出血，也会引起肺部淤血、水肿，如果长时间对这样的病人进行心脏按摩、人工呼吸，同样会导致死者口吐白沫。法医很可能是将两种泡沫混淆了。”

“我是这样认为的。所以本案的死者并非溺死，而是病死。”

“此外，也不存在醉酒失足溺亡的情况？”

“正如我前面说的，如果一个人喝醉了意外落水，由于他落水时还没有失去意识，一直在呼吸，吸入肺部的水会挤压空气，人也会逐渐沉入水中，而非像本案这样，漂浮在水面。”

“我明白了。那么最后是关于尸体上的几处伤口。”

“我刚才已经向诸位解释了每处伤口形成的原因以及他为什么会漂浮在水面上。此外，由于死者后脑勺没有明显外伤，也可以说明他并非突发疾病失去意识后撞上浴池边缘死去的，也就排除了意外事故的可能。”

这名男子真的是死于疾病？如果病死的，又是死于哪种疾病？

我是这样考虑的：

第一种可能是内因性蛛网膜下腔出血或者脑出血。

我们先来考虑脑出血的情况。由于这种疾病从发病到致人死亡用时较长，如果男子突发脑出血，落入水中时应该尚有呼吸。按照我刚才的推断，尸体被发现时应该沉入水中。

其次是内因性蛛网膜下腔出血。由于这种疾病从发病到致人死亡用时极短，如果男子突发内因性蛛网膜下腔出血，溺水前就应该停止了呼吸。如此一来，自然没有水涌入肺部，尸体也就不会下沉。

相比之下，后者引起的猝死更符合本案的情况。

保险起见，我们再多思考一下。

如果男子发病后倒下时后脑勺撞上浴池边缘，引发了外因性脑出血，又是怎样一种情况？由于这种疾病从发病到致人死亡用时也相对较长，所以按照我刚才的推断，尸体被发现时还是应该沉入水中。

此外，外因性蛛网膜下腔出血虽然不同于脑出血，有时也可能致人猝死，但由于存在外力，死者头部、头皮上应该留有伤口或出现颅骨骨折，口鼻也会随之出血。这又与本案情况不符，所以也可以排除。

“所以男子一定是突发某种疾病死亡的。”

“没错。水还没来得及涌入肺部，他就死了。尸体是这么告诉我的。”

“如果是心肌梗死呢？”

“的确，心肌梗死也会引起猝死。但这种疾病往往伴随剧烈胸痛，男子落水前必然向前蜷缩身体。由此一来，尸体被发现时就应该脚靠近浴池边缘，头朝远处，浮在水面。这与本案的情况正好相反。”

由于我之前已解释过男子并非溺死，而是病死，所以这部分内容算是补充。女律师大概胜券在握，和前半程不同，不再紧绷着神经，提问时也更加游刃有余。

我瞥了一眼时间，距离规定的1个小时还差不到5分钟。

女律师看向法官，示意接下来是总结部分，然后又看向我。

明明这么年轻，却气场十足。我一边心中感慨，一边等待她接下来的提问。

“男子来到旅馆的大浴场，在池边坐下，突发内因性蛛网膜下腔出血，身体向右后方倒去，滑入池中，最终死亡。以上信息可有错误？”

“没有。”

“询问证人环节到此结束。非常感谢。”

我向法官鞠躬行礼，离开了证人席。

“上野医生，真的非常感谢您。”

没过多久，我接到女律师道谢的电话——法院最终判定男子是“病死”的。

女律师的声音和第一次出庭时不同，不再慌张，愈发沉着稳重。她在一场又一场的历练中不断成长，变得更加可靠了。

“对了，上野医生，马上就是看红叶的季节了。之前您也说了，要约夫人泡温泉的。”

“是啊。”

算起来，她的年纪可以当我女儿，我的语气也不再拘谨。

“我手边现在还有一个案子，等结束了再说吧。”

“要尽快呀，如果您不主动点，就一直去不了了。”

“嗯，是啊。”

我随口答道，又不由回想起自己的新婚旅行。自那以来，我们夫妻二人确实没正式旅行过。我总拿“都是老夫老妻了，算了吧”这样的理由搪塞，但这是不对的。

“话说回来，上野医生，这次的案子真的太感谢您了，以后还请多关照。”

“请多关照。”

再之后，我的生活又恢复了平日的繁忙：二次鉴定的委托、写书、报告会、录制节目当评论员……

——如果那时能听她的话，和妻子一起看看红叶，泡泡温泉，该多好啊。

我不禁心中懊悔。

几年后，一直身体很好的妻子突然离我而去。

“我好像有点不太舒服。”

妻子去医院检查时被告知已是癌症晚期，所剩时日不多。

我那时决定要好好陪她，但这些年养成的习惯岂是朝夕能改？每每等我回过神时，面前又是工作、工作。妻子总是表现得很坚强，只有一次，她有些落寞地说：

“你多陪陪我吧。”

我一时说不出话来，但又因为抹不开面子，终究没有转头柔声安慰她。

——辛苦你了。

面对故去的妻子，只是说出这句话就已经耗尽我所有的力气。

——谢谢。

特殊的委托：遗骨鉴定

我收到一封信，信封里还装了一张新干线的车票。

上野医生亲启

百忙之中，您能接受我无理的请求，实在万分感激。我已购买了新干线的车票，随信附上。列车出发时间较早（东京站十七号线），给您带来不便，实感抱歉。早餐我们可以一同前往餐车享用。草草不恭。

顺颂尊夫人时祺

我读着信，心道：这次的委托还真是不一般啊。

翌日清晨，我拿着车票前往东京站十七号线，我们约好了在座位[①]上见。我赶到时，委托人母子正往行李架上放行李，大概也是刚到。

“早上好。”

① 即新干线的指定席，有固定车次时间、座位，须对号入座。此外还有“自由席”，无固定车次时间、座位，可以乘坐当天的任何班次，价格相对便宜。

“早上好。上野医生，百忙之中麻烦您特意跑一趟，真是不好意思。”

“您这是哪里的话。”

我的座位靠窗，刚坐下没多久就听对方问：

“要不我们先去餐车用餐？”

我欣然应允——和现在不同，当年的新干线是设有餐车[①]的。

这次的委托人是一对母子，我一边吃饭一边心中默念“希望这回能一切顺利”。虽然我已尽可能做足了准备，但毕竟是第一次接到这类委托，心中着实没底。

从餐车回来后，我告别二人，打算趁着下车前的这段时间，再多看几遍资料。

我手中的资料有以下几样。

1. 人体解剖学统计：有关锁骨、肱骨、骨盆、骶骨、股骨、胫骨、跟骨、掌骨、指骨等骨骼位置及男女骨骼对比的示意图。

2. 恒齿的特征：有关上颚、下颚及各自中切牙、侧切牙、尖牙、第一双尖牙、第二双尖牙、第一磨牙、第二磨牙特征的示意图。

---

① 日本最早的餐车是由山阳铁道于 1899 年引进的，2000 年后逐渐废止。

3. 男女性别鉴定：有关颅骨区别的示意图。

我将这些示意图一一印入脑海，反复确认有没有哪里出错，疲惫时，也会偶尔抬头眺望窗外。

事情还得从几个月前说起。

“不知可否请您帮忙，将我丈夫的遗骨移去东京。”

几个月之前，一位老妇人找到我，就是今天和我一同乘坐新干线的这位。

我当了这么多年法医，这样的请求还是头一次听到。

我心中惴惴，有些没底。但既然人家开口了，也不好直接拒绝，于是和她约了见面的时间。

不久老妇人来我家中拜访，她虽年逾古稀，但精神矍铄。

她和我说了事情的经过，大致如下。

她的丈夫因为肺结核，年仅38岁就去世了。她还有个40多岁的独子，硕士毕业后年纪轻轻就当了大学教授。

“那么这次的委托是……”

“是这样的。我每年为了给丈夫扫墓，总频繁往返于家乡和东京。儿子看我太辛苦，就建议想在东京买一块墓地，把父亲的遗骨移过来。”

“转移尸骨是吗？”

“是的。”

说实话，我第一反应是“这事很难办”，但也没有一口回绝。或许有什么突破口？我这样想着，试探着问道：

“不好意思我问一下，墓里葬着几人？”

“算上我丈夫是四人。”

“四人吗？”

“是的。”

“那这四位……”

“除了我丈夫，还有他的双亲和妹妹。”

“您知道这几位大约都是什么年纪吗？”

“老人都是 70 多岁走的，妹妹 14 岁就病故了。”

“这样啊。”

如果是这样的话，事情就还有转机——因为需要我做的，就是从两具老人和一具十多岁少女的遗骨中找出壮年男人的遗骨。从骨骼上看，老人骨质疏松。少女的骨骼尚处于发育阶段，软组织较多。成年男性的骨骼则已经发育完全。

假如墓中葬的都是成年男性，想要把它们区分开来恐怕极其困难。但既然这几位年龄相差这么大，或许还能想想办法。

我虽然没什么信心，但考虑再三，还是接受了这个特殊的委托。

“到了。”

我们下了新干线，穿过检票口，在站前广场打了车。

随着出租车逐渐接近目的地，车里也一点点安静下来。不仅是我，所有人都是头一回遇到这种事，免不了心中紧张。

墓地建在一个小山丘上，可以看到海。按照规定，死者一旦入土，未经允许是不可以擅自挖开墓地的。我们事先征得了市长的同意，又将许可书交给附近寺院的住持，还举行了仪式，这才开始挖墓。

“我们开始吧。”

“好的，那就拜托了。”

我微微垂下头，向死者致敬，取出墓石下沉睡的遗骨。

人的骨头火化后会烧成碎片，但也有一些比较坚硬结实的，如脊椎、一部分骨盆、股骨头还能维持原形，牙齿也一样。

老妇人站在一旁，默默注视着我。我从众多遗骨碎片中找出十多个形状分明的，幸好这些骨骼比较大，任谁看了都知道是成年男人的骨骼。

“从形状上看，应该是这些没错了。”

我合掌行礼，老妇人和儿子也未提出异议。

“非常感谢。”

老妇人将遗骨放入带过来的骨灰坛中，抱在胸口，放于颊边，呜咽起来。

她的丈夫应该一直活在她心里吧，但或许直到此刻，他们才真正见面。

自那以来，又是几十年过去。算起来，老妇人大概早已离世，如今他们二人应该一同在新墓地中安眠吧。直到今天，我依然能想起她当时既高兴又如释重负的表情。

在写这个故事的时候，我特意翻阅了过去的资料，注意到一个细节。

我当年收到的那封信上，特意写着“顺颂尊夫人时祺”。

看着这行字，我才想起来，他们是经妻子的介绍找到我的，所以我才对这份委托特别上心。

——说起来，我的妻子一向这样。喜欢关心别人，别人开心，她也跟着开心。

我忽然怀念起我的妻子。我在其他书中也写过她，在此多聊几句。

距离妻子故去，其实已经十多年了。在那之前，我们一起生活了 40 年。

我记得有一天，她突然对我说：

“孩子他爸，我买的东西有点重，拿着好累，你来帮帮忙。”

我有些奇怪，因为妻子一向身体很好，总是骑着自行车到处跑。

“最近好像状态不太好。”

“还是去医院检查一下吧。”

妻子听了我的话，去附近的医院做了检查，并未发现什么异常。

“估计就是上了年纪，身体容易出毛病。”

妻子抱怨了几句，也没把这件事放在心上。

但事情并未有所好转，她还是时不时喊累，让我帮她拿东西。

年龄确实是一方面原因，我不放心，就催她去大医院重新做检查。

“我和医生说我丈夫也是医生，他就说希望你也能来一趟。”

出结果那天，我听了妻子的话，和她一起去了医院。

医生年近 50 岁，看起来十分认真负责。他看着放射检查结果，慎重开口：

“我可以直接说结果吗？”

“我也是医生，您直接说吧。”

医生犹豫了一下，然后说：

“夫人是胃癌晚期，已经扩散到全身了。”

我一时怀疑自己听错了。

我知道自己现在应该说些什么，但张开嘴却发不出声音。诊室一阵沉默，连空气都凝重起来。我不知道这样的状态持续了多长时间，直到妻子突然开口：

“那么医生，我还能活多久呢？”

我倏然惊醒。

“恕我直言，应该不会很久。”

我知道这种事不可能开玩笑，但还是无法相信医生说的是真的。或者说，不愿意相信。

“是吗。但我不觉得痛苦，真是不可思议。”

妻子直视医生，淡淡说道。

我也觉得不可思议，因为妻子的状态根本不像一个癌症患者。

妻子当即被安排住院。

我在病房里放了一张简易床，也跟着住了下来。时而在妻子身边写作，时而从病房赶往演讲的会场……

医院位于台场①，病房布置得不错，透过窗户能看见大海、摩天轮和远处的东京塔。因为妻子已是胃癌晚期，放射治疗和吃药都没什么用，所以医生也没有特意治疗。妻子说她不觉得难受，食欲也不错。我甚至心怀期待，如果是这样，我们或许可以很快出院回家。

在医生告知我们检查结果的一个月后，有一天晴空万里。

我快到截止日期的稿子差不多写好了，这才放下笔，眺望窗外。

“唉，孩子他爸。”

妻子躺在床上喊我，我回过头。

“要是我先离开的话，以后就不能照顾你了，真是遗憾。”

现在想来，她那时食欲减退、浑身难受，大概是知

---

① 位于东京都东南部东京湾的人造陆地上，著名地标有彩虹大桥、自由女神像等。

道自己时日不多了，才会这么说的吧。她此前从未说过这样的话，我不免心惊。

“你别担心这个。现在只要考虑自己就行了。”

我握着妻子的手，这样说着。

却没想，这句话成了最后的道别。

再之后，妻子去世了，就像睡着了一样。

如我所愿，她走得很安详，丝毫看不出任何痛苦。

“孩子他爸，要是我们自己开诊所就好了。”

我刚上班那阵子，妻子曾半开玩笑地说过这样的话。我那时每周只能休息一天，每天都要面对不同的尸体。我拖着沉重的脚步回家，却没听过妻子的一句怨言。她从不跟我打听工作上的事。

我的工作压力很大，有时解剖了尸体也查不出死因。即便回到家，心里也全是工作，根本不愿意和人说话。

然而妻子从未抱怨过，还给我留出独立空间，这让我十分感激。

再后来，妻子当上了我们区的议员。一直到被确诊之前，她都在为各种事情奔波。她的性格就是这样，喜欢关心别人、照顾别人，优先考虑别人并乐在其中。

她去世后，我忙于安排葬礼、接待吊唁来宾，根本无暇伤感。

这样的生活大概持续了一个礼拜。

一周后，我终于有时间坐在沙发上，给自己泡了一杯茶。面对空落落的客厅，孤独感骤然袭来。这时我才感觉到悲伤——真的只剩我一个人了啊。眼泪也禁不住掉下来。

这是妻子离世后我第一次流泪。

妻子的遗骨被我暂时放在壁龛[①]中，直到有亲戚来问，墓地选在哪里，我才急急忙忙去找。经人介绍，我找到了多磨陵园[②]，但听说那里买墓地要抽签，排队的话也要等上十多年。

看来那边也人满为患了，我笑着想。

幸而运气不错，两年后就抽中了。

日本多地震，为了不打扰妻子安眠，我特意选了饭团型[③]墓石。

---

① 日式建筑里和室的一种装饰。在房间的一个角落做出一个内凹的小空间，通常会在其中放置挂轴、插花或盆景装饰。

② 位于东京都府中市和小金井市之间的陵园，是日本首个公园墓地，历史悠久，埋葬着很多名人。

③ 形状类似日式饭团。

每当读者找我要签名时，我都会写下“生”这个字。因为见惯了死，才深知生的意义。

即便肉体消亡，只要心意相通，就依然活在至亲之人的心里。妻子的墓碑上也刻着我用毛笔写的“生”字。

如今躺在墓里的，除了妻子，还有我的女儿和爱犬

我们夫妻育有一子一女。孩子成年后开始独立生活，家里只剩下我和妻子二人。那时，儿子抱回来一只刚出生不久的马尔济斯犬，问我们要不要养。血统证书上写

着“雌性，费尔丽”，连名字都起好了。

小狗天生亲人，或者大概把我当成父亲了，每天黏着我，一刻也不愿意离开。它每天在家中跑来跑去，我说它太淘气，就慢慢开始喊它“小淘气”。我给它搭了小房子，但它从不住进去，反而睡到我床上。它和我一起洗澡，就像我自己的孩子一样。它能一定程度听懂我的话，给我留下了太多美好的回忆。直到15年后，它在我怀里永远睡着了。

女儿是在她52岁那年离开我的。

她小学、中学是在我们本地[①]读的公立学校，高中时去了有名的私立女校。

那时她总被老师叮嘱：走路的时候要安静，靠走廊左边[②]，像个女孩子；校服和袜子要穿整齐，注意长度；说话也要有女孩子的样子，不能太粗鲁……没过多久，她就对学校产生了抵触情绪。

我们考虑过让她转校，但她本人说想去美国读书。由于我在美国没有朋友，看到关西有美式学校，就让她去考。后来，女儿从东京搬去了神户。学校是住宿制，

---

① 杉并区，位于东京23区的西部。

② 日本多数地区为左侧通行。

外国学生很多，日常生活、上课也都用英语交流。

一年后放寒假，女儿时隔许久回到东京，给我讲了学校的事，让我惊讶不已。

她学校旁是一所小学，宿舍窗户下面就是小学的游泳池。有一个夏夜，天气炎热，她和三个朋友趁着没人，偷偷翻墙跑去游泳池，结果当场被值班的老师发现。老师问了她们学校、年级、姓名后，还警告说："明天就去找你们校长。"

四人回到宿舍，心想与其等着明天被骂，不如今天晚上主动去找值班的老师说明情况。她们找到老师，是一位美国男老师。

老师听了她们的话，却说："我知道了，但是天这么热，谁看见泳池都想去游泳啊。下次去的时候也喊上老师啊。"然后就让她们离开了。

这就是教育的差异。女儿由衷感慨，能来这里读书真是太好了。

我不由想起那时女儿的笑容。

妻子去世后，女儿为了照顾独居的我，回到家中。

但6年后，她也因病卧床不起。她还这么年轻，如果就这么走了，实在令人惋惜。

“得早点打起精神啊。”

有一天，我对女儿这样说。她却回答：

“这些年我一直在做自己想做的事，够了，就算现在死了也没什么遗憾的。”

这句话令我动容。女儿很满意自己的生活并且很感谢我。我的眼眶又酸了。

如今，他们三个都躺在同一个墓中。

但在我心里，他们从未故去，还会时不时和我交谈，面容依旧。

早晚有一天，我也会住进去吧，但不是现在。

哪怕多一个人也好，我也要维护死者的人权。

后记

死亡不是终结

我此刻正在和出版社的编辑以及一位中年男律师一起吃饭。

这回倒不是为了案子。

大概一个多月前，我收到一封信，是编辑拿给我的，说他有个律师朋友，知道我们之间有往来，特意托他把信交给我。

信是这样写的：

久闻先生大名。

我家中放着一本您写的书，特意从老家带过来的。我昨夜翻箱倒柜找了半天，总算找到了。《尸体会说话》，就是这本，我高中时买的，算起来差不多26年了。

还记得当初读完这本书时，我的内心无比震撼。我或许无法用语言准确表达当时的心情，但原来一个人的骨骼、器官可以如此鲜活地保留他活着时的印记，我们可以通过这些印记还原他死亡的过程，就像电影里的闪回一样。

——死亡并不意味着终结。

我甚至能听到尸体的呐喊，让我一定要看清楚每一个细节。

书中的每一个案件都篇幅不长，但每一个故事都是人间悲剧。每当我看到您和警察们拼尽全力寻找真相，在谜底揭开的那一刻，我就发自内心地觉得死者终于可以瞑目了，悬着的心也终于落了下来。

我可以毫不犹豫地说，正是因为这本书，我才对法律产生了浓厚的兴趣，也最终决定成为一名律师。我从小不太擅长理科，但即便不能亲手解剖尸体，也想通过自己的方式，找出真相，为死者及家属申冤。

我自2000年开始担任检事[①]，这些年也多次去过司法解剖[②]的现场。和葬礼上的遗体不同，需要司法解剖的尸体有一些面部狰狞、死状惨烈。我的同行

① 日本检察官的一种，隶属法务省，是国家公务员，参与案件的搜查、判决等环节。

② 主要涉及刑事犯罪死亡的尸体检验 '此外还有行政解剖、承诺解剖等。

中也有不适应这项工作的，但我从未觉得恶心，也不觉得厌烦。

人死不能辩驳，但不能因为他们无法开口，就让他们蒙冤。每一场解剖，我都怀着一定要找出真相的决心，从脏器、皮肉、筋骨中找出蛛丝马迹。时至今日，我依然确信，支撑我一步步走到今天的正是您的这本书。

编辑告诉我，他的朋友确实是因为高中时读了我的书，才选择当律师的。听到这番话，我发自内心感到高兴。

这本书的出版仿佛还在昨天。当时，我希望能通过这本书，让更多人了解法医这一不为人熟知的领域。如果有人因为我的书立志成为法医，就再好不过了。

如今将近30年过去，好在书卖得不错，法医这一职业也逐渐被人熟知。我后来做过电视节目的评论员，陆续出版了其他几本书，也做过尸体的二次鉴定……如今我88岁了，依然能活跃在法医领域，真是万分感激。

但我也有遗憾。

我一直期待着从事法医工作的人越来越多，然而事实并非如此，甚至每年去大学医学部学法医学的人越来越少。当年在东京、横滨、名古屋、大阪、神户五地施行的法医制度[①]，如今只剩下四地（横滨已废止）。

所以读完这封信，我由衷感到高兴。有人因为我的一本并非法律专业的书选择成为律师，我的想法能通过这样的形式传递给下一代人，怎么能不令人欣喜。

说起来，这本书里多次写到律师，也是一种奇妙的缘分。

“上野医生，那位律师说，如果有机会的话，一定想见见您。”

“好啊，只要凑得出时间，我什么时候都可以。”

这就是事情的原委。

今天我和编辑一起拍摄完本书需要用的照片后，正好约了律师一起喝酒。席间大家交谈得十分愉快。

我由衷希望诸位读者可以通过手中的这本书了解到法医学的重要性，如果当中有人能和这位律师一样，因为这本书选择了法医或者相关专业，那我就更加心满意足了。最后，非常感谢大家读到这里。

2017 年 5 月吉日

上野正彦

① 根据《尸体解剖保存法》，如发现死因不明的尸体，须由法医进行尸体检验；若仍无法确定死因，可对尸体进行解剖（无须征得死者家属同意）。

图书在版编目（CIP）数据

法医的告白 /（日）上野正彦著；王雯婷译. -- 北京：北京联合出版公司，2023.3

（法医之神）

ISBN 978-7-5596-6281-1

Ⅰ. ①法… Ⅱ. ①上… ②王… Ⅲ. ①纪实文学－日本－现代 Ⅳ. ①I313.55

中国版本图书馆CIP数据核字(2022)第118659号

法医之神4：法医的告白

作　　者：[日]上野正彦　　译　　者：王雯婷
出 品 人：赵红仕　　策划品牌：读蜜文库
策划统筹：金马洛　　特约编辑：孙　佳
责任编辑：龚　将　　封面设计：即刻设计
内文排版：读蜜工作室・思颖　　责任印制：耿云龙

北京联合出版公司出版
（北京市西城区德外大街83号楼9层　100088）
北京联合天畅文化传播公司发行
北京美图印务有限公司印刷　新华书店经销
字数105千字　787毫米×1092毫米　1/32　5.25印张
2023年3月第1版　2023年3月第1次印刷
ISBN 978-7-5596-6281-1
定价：29.80元

读一页书　舔一口蜜

法医之神 4：法医的告白

策划品牌　读蜜文库
策划统筹　金马洛
特约编辑　孙　佳
封面设计　即刻设计

新浪微博 @ 读蜜传媒
合作邮箱 dumi@dumilife.com

诚邀关注

读蜜订阅号

读蜜视频号